아니면 귀여운 개님?!

난바 유키나
케이타가 사는 아파트의 이웃집에 살며 모두가 인정하는 재색을 겸비한 미소녀 선배. 하지만 어째서인지 케이타에게만 솔직해지지 못하고 독설을 하는 경향이 있다. 속마음을 늘어놓는 소리가 벽 너머의 케이타에게 들린다는 사실을 모른다.

타나카 케이타
공동주택에서 자취하는 고등학교 2학년. 이웃인 유키나 선배의 독설과 프로레슬링 기술에 농락당하면서 벽 너머로 들려오는 속마음을 늘어놓는 소리에 몸부림치는 나날을 보낸다.

문화제 연극에서
케이타의 파트너는 가련한 공주님?

헤비카와 아스카
케이타 일행이 사는 공동주택으로 이사 온 자칭 케이타의 약혼자.
케이타와는 어릴 때 만난 적이 있다는데……?

마키 코미미
케이타의 반 친구이자 여자인 친구.
말썽을 끌어들이는 안타까운 체질.

"부탁이야…… 해줘."

유키나 선배는 천천히 눈을 감았다.

커버 그림, 본문 일러스트 | 미레이

벽 너머라면 솔직하게 좋아 한다고 말할 수 있는걸!

DOKUZETSU SHOJO HA AMANOJAKU

독설소녀는 심술쟁이 2

【유키나 선배와 보이⇧시 소녀】

"하아아아아아······."

방과 후, 난 공동주택의 내 집 앞에서 성대하게 탄식했다. 한숨의 원인은 그 적발 소녀이다.

『난 헤비카와 아스카. 케이타의 약혼자야.』

그때, 그녀는 분명히 그렇게 말했다.

난 결혼 약속은커녕 아스카라는 인물과 면식조차 없다. 약혼자라는 건 픽션이다.

설령 그녀가 거짓말을 하고 있다고 해도 뭔가 이유가 있을 텐데······.

"어쨌든 진실을 밝혀내야 해······. 유키나 선배도 화내고 있을 거고."

질투하는 유키나 선배는 분명 귀엽지만, 쓸데없이 걱정 끼치고 싶지는 않다. 빨리 결백을 증명해야 한다.

문손잡이를 돌리니 찰칵 하고 소리가 났다. 문이 열려있는 건 유키나 선배가 방에 있기 때문일 것이다.

"다녀왔습니다~."

인사하면서 방에 들어가니 날카로운 시선이 나를 꿰뚫었다. 그것도 두 명 분이다.

"어서 와, 하인. 기다리다 지쳤어."

심기가 불편한 듯이 대답한 사람은 교복 차림의 유키나 선배였다. 그녀는 침대에 걸터앉아 다리를 꼬고 있었다.

　또 한 사람의 시선의 주인에게 눈을 돌렸다.

　마룻바닥에는 적발 트윈테일 소녀, 헤비카와 아스카가 앉아있었다. 위는 검은 후드티, 아래는 하얀 스커트 차림이다.

　"어서 와, 케이타. 나도 신세 좀 지고 있어."

　아스카가 미소 짓자 유키나 선배의 표정이 순식간에 험악해졌다.

　"아스카. 진짜로 방해되니까 돌아가 주면 좋겠어."

　"유키나 씨야말로 빨리 돌아가 주지 않을래? 케이타는 분명 나랑 오랜만에 즐겁게 얘기하고 싶을 테니까. 방해되는 건 당신이야."

　"어머. 착각이 심하구나. 케이타는 내 조교를 기대하면서 하교했거든? 너, 이 돼지에 대해 아무것도 모르는구나."

　"돼지라던가, 무슨 뜻인지 모르겠는데. 됐으니까 빨리 집에 가, 도둑고양이."

　"네가 집에 가. 뭐야, 그 빨간 머리는. 피라도 뒤집어쓴 거야?"

　"유키나 씨야말로 그 검은 머리는 뭐야. 머리에 먹물이라도 뒤집어쓴 거야?"

　"싸움 거는 거니?"

"그건 내가 할 소리인데?"

빠직빠직빠직빠직!

두 사람의 시선이 부딪치고 불꽃이 튀었다. 내 방에서 싸우는 건 좀 피해줬으면 한다.

"둘 다 잠깐만. 싸움은 그만……."

"입 다물고 있어! 이 썩을 돼지!"

"예, 옙! 이, 입 다물겠습니다, 꿀꿀!"

유키나 선배의 박력에 밀려난 나는 황급히 입을 다물고 무릎 꿇고 앉았다. 안녕하세요. 타나카 케이타 돼지 케이타가 되었습니다.

"케이타. 아스카랑은 어떤 관계인 걸까?"

유키나 선배의 눈은 살인자의 눈이었다. 보아하니 다섯 명은 죽였겠군, 응.

"그…… 아스카한테는 미안하지만, 난 너에 대한 기억이 없어."

난 아스카를 보고 쭈뼛거리면서 솔직하게 대답했다.

그녀는 조금 아쉬운 표정을 지었다.

"……그런가. 뭐, 유치원 때 이야기니까. 케이타가 잊어버리는 것도 무리는 아니지."

"응. 정말 미안해."

"괜찮아. 잊어버렸다면 기억나게 해줄게."

아스카는 그렇게 말하고 추억 이야기를 시작했다.

그 옛날, 나와 아스카는 같은 유치원에 다녔다고 한다.

아스카는 지금과는 달리 굉장히 소심했다고 한다. 그 얌전한 성격 탓에 친구가 안 생겨 항상 혼자서 집짓기 놀이나 그림을 그리며 놀았다는 모양이다.

어느 날, 아스카는 모두가 사이좋게 밖에서 노는 걸 실내에서 바라보고 있었다.

──나도 친구랑 놀고 싶어.

아스카는 그렇게 생각했지만 쑥스러워서 말을 못 걸고 있었다.

그때 아스카에게 말을 건 것이 나였다고 한다.

『같이 진흙 공 만들래? 제일 단단하고 반짝거리는 걸 만든 사람이 이기는 거다!』

난 진흙투성이 손으로 아스카의 손을 끌어 억지로 친구들 무리에 들었다. 그 일이 계기가 되어 아스카에게도 친구가 많이 생겼다고 한다.

……여기까지 이야기를 들었지만 역시 기억이 안 난다.

"케이타, 엄청 다정했어. '얘랑 사이좋게 지내!'라면서 모두에게 날 소개해줬어. 정말 기뻤지."

아스카는 "소중한 추억이야"라며 온화한 웃음을 지었다.

"난 그런 다정한 케이타를 사랑했어. 하지만 소심한 성격이 방해해서 마음을 전하지 못하고 있었지."

"하지만 결심하고 고백했지?"

물어보니 아스카는 고개를 끄덕였다.

"졸원식 날, 난 용기를 내서 케이타에게 말했어. '저랑 같이 매일 아침에 똑같은 식탁에서 된장국을 먹지 않을래요?'라고."

"고백이라기보다는 프러포즈네……. 그래서 당시의 난 뭐라고 했어?"

"받아줬어. '밥이랑 연어구이도 잊으면 안 돼!'라는 대답을 들었어."

"당시의 나, 유치원생치고는 아침밥 초이스가 구수하지 않아?"

뭐, 그건 그렇고, 역시 기억이 없는데.

……아니, 잠깐만.

"있잖아, 아스카. 아마도 당시의 난 그게 프러포즈인줄 몰랐던 게 아닐까?"

"뭐야 그거. 무슨 뜻이야?"

"매일 아침 같은 식탁에 둘러앉는다='결혼'이라는 뜻인 줄 몰랐다는 거지."

유치원생인 나에게 그런 이해력은 없다. 아마 단순히 친구와 함께 밥을 먹고 싶다고 생각했을 뿐일 것이다.

"후훗. 사실이 똑똑히 드러났네."

지금까지 조용히 이야기를 듣고 있던 유키나 선배가 씨익 웃었다.

"아스카. 네 프러포즈는 무효야."

"뭐어? 어째서?"

"첫 만남, 그리고 프러포즈······. 이렇게나 인상에 남는 에피소드를 들었는데도 케이타는 아무것도 기억 못 하고 있다고? 이게 어떻게 된 걸까. 네가 이야기를 날조했거나 착각했을 가능성도 부정할 수 없겠네."

"그, 그렇지 않아! 케이타는 나랑······."

"그뿐만이 아니야. 만약 네 이야기가 사실이라고 해도 케이타는 네 고백을 프러포즈라고 인식하지 않았어. 즉, 쌍방의 합의가 없었다는 거지. 그런 상황에 과연 네가 약혼자라고 할 자격이 있을까?"

유키나 선배는 '자, 논파했다~!'라고 말하는 듯이 표정이 자신만만했다. 이 사람, 적한테는 자비가 없구나.

"저, 저기! 케이타, 정말 날 잊어버린 거야?"

아스카는 눈물을 글썽이며 나를 봤다. 당장이라도 울 것 같은 표정을 짓고 있어서 솔직하게 '애초부터 모르겠는데'라는 말을 하기가 쉽지 않았다.

"저기, 그, 잊었다고 해야 할까······."

"그런 건 싫어! 기억해줘!"

아스카는 나에게 다가와 덤벼드는 것처럼 어깨를 붙잡았다. 여자치고는 힘이 있어서 떼어놓을 수 없었다.

"지, 진정해 아스카. 부탁이니까 놓아줘."

"절대로 안 놔! 케이타가 기억해줄 때까지 죽어도 안 놔! 말 그대로 이 목숨이 다하더라도 안 놔!"

"그런 호러 전개는 싫다고! 일단 진정하고 이야기를 하자. 응?"

"난 얘기했는걸! 다음은 네가 떠올릴 차례야!"

"아니…… 이 고집쟁이가! 이렇게 되면 힘으로…… 우왓!"

"꺅!"

꽈당~.

몸싸움으로 발전해 나와 아스카는 포개어지듯이 쓰러졌다.

말캉.

오른손에 부드러운 감촉. 손바닥 크기의 무언가를 잡은 듯하다. 뜨뜻미지근하고 살짝 촉촉했다. 말랑말랑한 촉감을 가진 이건 대체……?

손에 시선을 보냈다.

내 오른손은 아스카의 스커트 속에 골인해 있었다.

꺄아아아아아!

이, 이건 웃어넘길 수 없는 우연히 발생한 사고…… 응?

이상하네. 스커트 속에 이렇게 손에 익은 크기의 물건이 있을 리가 없다.

고간에 달린 손바닥 크기의 뜨뜻미지근한 물건.

이, 이건…… 여자애의 고간에 '불알'이 달려 있다고오오?!

"하아……앙!"

아스카의 도톰한 입술에서 교성이 새어 나와 난 겨우 정신을 차렸다.

난 서둘러 스커트 속에서 손을 뺐다.

"야야야야야야! 아스카, 너……! 고간에 스몰 엘리펀트를 키우고 있잖아……!"

"아, 안 돼. 나, '거기'는 별로 자신 없어, 케이타……."

아스카는 볼을 빨갛게 물들이고 긴 속눈썹을 적시며 나를 바라보고 있었다.

……소리 좀 질러도 되나?

아스카아아아! 너, 낭자애였냐아아아아!

확실히 여자치고는 힘이 있었어! 근데 겉모습은 완전히 미소녀인데?! 보통은 남자인 줄 모를 거라고!

그리고 '자신 없다'라는 건 무슨 뜻이야! 딱히 기대 안 하거든! 만진 건 우연이고 아스카의 그걸 원한 게 아니거든?!

하지만 이것만큼은 솔직하게 인정하지…… 울상을 지은 아스카의 얼굴은 엄청 귀엽다는 걸!

——라고 소리 지르면 유키나 선배의 업어치기 한판이 작렬할 테니 자중했다.

"케이타가 내 것을 원했어……! 나의 고, 고…… 아아! 부끄러워어어!"

아스카는 새빨개진 얼굴을 손으로 덮고 방에서 뛰쳐나

갔다. 그러니까 오해인데요?! 이런 이상야릇한 사건은 전혀 바라지도 않았는데요?!

유키나 선배는 내 옆에서 이상하다는 듯이 고개를 갸웃거렸다.

"케이타. 이야기를 못 따라가겠는데…… 스몰 엘리펀트가 뭐야?"

"……남자의 고간에 있는 '그거'요."

진실을 고한 순간, 유키나 선배의 전신이 석화된 것처럼 경직되었다.

"……뭐? 그럼 아스카는 남자?"

"네. 틀림없어요."

"……왓?"

유키나 선배는 '어떻게 봐도 미소녀……. 어, 잠깐만. 그럼 케이타에게 남자 약혼자가 있다는 말이…… 어?'라며 혼란스러워하기 시작했다.

유키나 선배의 의문에 대답하는 것은 불가능하다.

왜냐하면 내가 혼란에 빠져있기 때문이다.

"……오늘은 해산합시다. 우리 머리를 좀 식히는 게 좋을 것 같아요."

"그, 그렇네. 꿈일지도 모르지."

아니. 꿈 같은 게 아니다.

아직도 내 오른손에 남아있는 그것의 감촉이 그 사실을

당당하게 이야기해줬다.

【여신 같은 전학생과 돼지】

아스카가 낭자애라고 판명된 다음 주의 일이다.

등교한 난 내 자리에 앉았는데 희미한 위화감을 느꼈다.

주위를 둘러봤다. 위화감의 정체는 바로 알 수 있었다.

"왜 내 자리 옆에 책상이 있는 거지……?"

내 자리는 뒤에서 두 번째 줄 창가 자리라서 왼쪽에 책상은 없었을 것이다. 이건 대체 누구의 책상이지?

이상하게 여기고 있으니 오른쪽 옆자리에 앉는 '트러블 태풍' 마키 코미미가 말을 걸어왔다.

"케이타, 우리 반에 전학생이 온대."

코미미는 "오늘 아침에 당번인 애가 선생님한테 들은 이야기지만"이라며 덧붙였다.

"흐음. 이 시기에 전학을 오다니, 별일이네. 어떤 애야?"

"자세히는 모르지만, 상당히 예쁜 애래. 잘됐네, 케이타."

코미미는 놀리는 듯한 말투로 그렇게 말했다.

"딱히 안 좋거든……. 아, 그럼 혹시 옆에 있는 이 새 책상이……."

"전학생의 자리야. 나도 옮기는 거 도와줬어."

"그런 건가…… 고생했어. 아침부터 힘들었겠네."

코미미의 노고를 위로하면서 옆에 있는 책상을 봤다.

전학생, 어떤 아이일까. 마음이 맞는 애면 좋겠는데…….

아니, 난 뭘 태평하게 생각하고 있는 거지.

잊어서는 안 된다. 코미미는 교내 제일의 트러블 메이커라는 사실을.

이 반에 오는 전학생이라고? 분명 코미미가 불러들인 위험한 애일 것이다.

"있잖아, 코미미. 전학생의 특징에 대해서 좀 더 자세히 알려줘……."

"아. 선생님 왔어, 케이타."

얼굴을 앞으로 돌리니 마침 담임인 여자 교사가 교실에 들어왔다.

큭…… 사전에 전학생의 특징을 알아두고 싶었지만 어쩔 수 없다. 이대로 흐름에 몸을 맡기자.

당번의 호령을 신호로 조례가 시작되었다.

"오늘은 모두에게 빅뉴스가 있습니다. 놀랍게도! 우리 반에 동료가 늘어납니다!"

그 순간, 교실 여기저기서 환성이 터져 나왔다.

이미 소문이 퍼져 있었는지 다들 전학생을 기대하고 있는 것 같았다.

"그럼 들어오세요."

담임이 그렇게 말하자 교실의 문이 소리를 내며 열렸다.

"실례합니다."

남자 교복을 입은 전학생은 시원스러운 목소리로 그렇

게 말하더니, 불꽃처럼 빨간 트윈테일 머리카락을 흔들며 교실로 들어왔다.

교단에 선 전학생은 부드럽게 미소 지으며 인사했다.

"처음 뵙겠습니다. 내 이름은 헤비카와 아스카. 최근 이 동네에 이사 왔어. 다들 사이좋게 지내자?"

수줍어하는 전학생의 인사가 끝나자 반 친구들은 따뜻한 박수로 맞이해 주었다.

트러블 예감 적중이잖아······! 예 예, 플래그 회수 수고!

아스카는 평소 여자 옷을 입는데, 교복은 남자 교복이구나. 여자친구가 남자친구의 옷을 입은 것 같아 상당히 귀여워 보인다.

멍하니 여자 교복도 어울릴 거라는 생각을 하고 있으니 온 교실에서 환희하는 목소리가 터져 나왔다.

"오오! 낭자애다~!"

"엄청 귀여운데, 남자 교복을 입고 있어······. 어, 설마 낭자애?!"

"낭자애······ 그러고 보니 들은 적 있어. 성별은 남자인데 여자의 용모를 지니고 있다고 하는 신의 혈통을 잇는 전설의 혈족······!"

"뭐라고? 그 어떤 사춘기 소년이라도 빠져들게 한다는 그 전설의 여신이······?"

"굉장해! 우리 반에 여신님이 오셨다아아아!"

"""우오오오오오오오!"""

남녀의 고함이 교실에 울렸다. 대체 낭자애를 얼마나 좋아하는 거냐, 이 반은.

모두가 들뜬 것을 보고 놀라고 있으니 담임이 손을 팡팡 쳤다.

"자자, 조용! 그럼, 헤비카와는 저 자리에 앉아."

담임이 내 옆에 있는 빈자리를 가리켰다.

아스카는 나에게 손을 살짝 흔들었지만 나는 애매하게 웃어넘겼다. 갑자기 친하게 대하면 분명 억측하는 녀석들이 나올 거다. 그 녀석들에게 질문 공세를 당하면 나만 곤란할 뿐이다.

내 반응이 마음에 안 들었는지 다람쥐처럼 볼을 부풀리는 아스카. 동성이라고 볼 수 없는 여자력이다.

아스카는 모두의 시선을 받으면서 이쪽으로 다가왔다. 자리에 앉아 작은 소리로 나에게 속삭였다.

"후훗. 케이타가 옆자리라서 기뻐. 잘 지내자."

"응…… 깜짝 놀랐어. 이 학교에 전학할 예정이었구나. 한마디 해주면 좋았을 텐데."

"직접 말하고 싶었지만, 요즘엔 만나러 가는 것도 부끄러웠으니까……."

"어? 왜?"

"그건…… 케, 케이타가 내 치마 속에 손을 넣어서잖아!

그런 짓을 당한 뒤라서 껄끄러워, 바보!"

아스카는 얼굴을 새빨갛게 물들이고 항의했다.

"미, 미안. 섬세하게 못 헤아려줘서 미안해…… 응?"

아스카를 달래고 있으니 문득 시선을 느꼈다.

반 친구들은 쓰레기를 보는 듯한 눈으로 날 째려보고 있
었다.

"야. 지금 아스카의 발언…… 잘못 들은 게 아니겠지?"

"그래. '케이타가 내 치마 속에 손을 넣었다'라고 했지?"

"뭐라고……? 케이타가 우리의 여신에게 먼저 손을 댔
다고?!"

"저 진성M 돼지 놈…… 미소녀라면 가리지 않는 건가!
넌 여자 선배한테 밟히는 게 어울린다고!"

"그래 맞아! 진성M 돼지는 그냥 돼지다!"

"우리의 아스카에게 변태 짓을 하다니이이이…… 케이
타 놈, 절대로 용서 못 해!"

"먼저 손을 댄 돼지 놈에게 죽음을!"

"""죽음을!"""

히이이익! 반 친구들이 무장봉기를 꾀하는 농민의 눈빛
을 하고 있어어어어어?!

폭동이 일어날 것 같은 분위기 속에서 아스카가 "잠깐!"
하고 소리를 질렀다.

"케이타는 잘못 없어! 그건 사고였어!"

"하, 하지만 아스카는 케이타한테 안 좋은 일을 당했지?"

반 친구 중 한 명이 물어보자 아스카는 성모처럼 미소 지었다.

"난 이제 신경 안 써. 그러니까 다들 케이타를 용서해줄 래? 신도 이웃을 용서하라고 하잖아."

아스카는 방황하는 민중을 이끄는 구세주처럼 그렇게 말했다. 뭐야 이 성인은. 후광이 비치고 있는데요.

"아스카 님…… 어쩜 이렇게 그릇이 클까."

"썩을 돼지를 용서하다니, 역시 여신이야."

"아스카 님~! 저희를 이끌어주세요~!"

"아스카 님, 만세~!"

"여신님, 만세~!"

반 친구들은 눈물을 글썽이며 아스카를 찬양했다.

전학 첫날부터 동급생의 마음을 장악할 줄이야……. 이 녀석 보아하니 독재자로군?

"후훗. 케이타, 고등학교에서도 잘 부탁해."

아스카는 나에게 윙크했다. 순진하게 웃는 얼굴이 눈부 셔서 나도 모르게 넋을 잃고 보게 된다.

어딜 봐도 미소녀로밖에 안 보였다.

헤비카와 아스카는 그 정도로 귀여운 것이다.

"자, 잘 부탁해…… 아하하."

난 굳은 미소를 짓고 대답했다.

잘 웃을 수 있을 리가 없다.

그야 이게 트러블의 서장이라는 것은 확정 사항이니까.

【환복 해프닝】

　수업 종료를 알리는 종소리가 교사에 울려 퍼졌다.

　아스카가 전학해 온 지 사흘이 지났다.

　요 사흘 동안 살아있다는 느낌이 들지 않았다. 원인은 물론 아스카다.

　전학한 지 얼마 안 된 아스카는 아직 우리 학교에서 쓰는 교과서가 없다. 그 때문에 나는 책상을 붙이고 교과서를 보여줘야만 했다. 그것도 매번. 반의 여신을 내가 독점하는 상황이다.

　그 결과, 난 남자들로부터 질투의 시선을 받으면서 학교 생활을 하고 있다. 겨우 사흘 만에 반 전체의 남자를 적으로 돌려버린 것이다.

　그 외에도 아스카에게 교사를 안내하거나 단둘이서 도시락을 먹기도 했다. 그때마다 남자의 질투를 받아, 요 며칠은 마음이 편치 않았다.

　마음이 완전히 피폐해진 나는 치유를 원했다.

　자연스럽게 유키나 선배의 얼굴이 뇌리에 떠올랐다.

　하아…… 빨리 집에 가서 신나게 유키나 선배의 욕을 듣고 싶네. 밟히고 굳히기를 당하는 즐거운 시간이 그리워……. 아니, 이상한 뜻이 아니고 말이지? 일상으로 돌아가고 싶다는 뜻이다?

"저기, 케이타."

자신에게 변명하고 있으니 아스카가 나에게 말을 걸었다.

"다음 시간은 체육이잖아? 옷은 어디서 갈아입어?"

아, 그런가. 아스카는 전학하고 체육이 처음이니 모르나.

"체육은 옆 반이랑 합동으로 해. 양 반의 남자는 이 교실에서, 여자는 옆 교실에서 각자 옷을 갈아입게 돼 있어."

"그렇구나. 어쩐지 교실에 여자가 없다 싶었어."

교실을 둘러보니 여자의 모습은 이미 없었다. 옆 교실로 이동했을 것이다. 대신 옆 반의 남자가 차례차례 우리 교실로 들어왔다.

"그럼 우리도 옷 갈아입을까."

아스카는 그렇게 말하고 가방에서 체육복을 꺼냈다.

"어? 여, 여기서 갈아입는 거야?!"

"그야 그렇지. 난 남자인걸."

아스카는 "케이타는 이상한 말을 하네"라며 웃었다.

그렇지. 아스카는 남자다. 내 눈앞에서 옷을 갈아입는 것에 아무런 문제가 없다.

그럴 터인데, 어째서인지 해서는 안 될 짓을 하는 기분이 들었다. 그도 그럴 게, 낭자애가 눈앞에서 옷을 갈아입는 거라고? 엄청 야하잖아.

내가 배덕감에 시달리는 사이, 아스카는 와이셔츠의 단추를 전부 풀었다. 날씬하고 작은 몸에 드러난 쇄골이 선정적이라 나도 모르게 두근거렸다.

역시 보기에 영 좋지 않다. 난 황급히 눈을 돌렸다.

"……응?"

문득 시선을 느껴 교실을 둘러봤다. 반의 변태 남자 놈들이 힐끗힐끗 아스카를 보고 있었다.

야 남자~!

아스카가 옷 갈아입는 걸 몰래 엿보는 건 그만하라고~!

"케이타. 혹시 나, 주목받고 있는…… 걸까?"

아스카는 볼을 붉히며 자신의 몸을 안았다. 반응이 너무여자 같다.

"음…… 다른 사람이 보는 거, 싫지?"

"으, 응. 아무래도 누가 몸을 뚫어지게 쳐다보는 건 부끄, 럽지."

아스카는 부끄러운 듯이 자신의 몸을 작은 손으로 가렸다.

정말이지…… 못 봐주겠군.

난 아스카 앞에 서서 모두의 시선을 차단했다.

"내가 벽이 될게. 그 사이에 옷 갈아입어."

"케이타…… 응. 고마워."

안도의 웃음을 지은 아스카는 다시 옷을 갈아입기 시작했다.

와이셔츠를 벗은 아스카의 몸은 여자아이의 몸처럼 날씬했다. 이차 성징이 끝난 남자의 몸매가 아니라 매끄럽고 부드러운 몸매였다. 또한 가슴은 납작했다.

아스카는 체육복의 윗옷을 입었다.

"응…… 앗……!"

왜인지 에로한 목소리를 흘리는 아스카.

왜 옷을 갈아입기만 하는데 신음하는 거지? 일부러 그러는 건가?

이어서 아스카는 벨트에 손을 댔다. 잘그락잘그락 소리를 내며 교복 바지를 내렸다.

나는 말문이 막혔다. 아스카는 여성용 속옷을 입고 있었다. 무늬는 파랑과 흰색 줄무늬라 굉장히 귀엽……다기보다는, 이거 보면 안 되는 거 아냐?!

"자, 잠깐만. 너무 뚫어지게 보지 마. 케이타는 변태야."

아스카는 부끄러운 듯이 말했다.

"미, 미안. 다른 사람이 보는 거 싫다고 했지."

"응. 하지만 케이타한테라면…… 내 모든 걸 보여줄 수 있는데?"

"뭐?! 너너너너, 무슨 소릴……!"

"자, 장난이야~! 아하핫!"

아스카가 쑥스러움을 감추려고 웃은 그때, 사건이 일어났다. 바지를 잘 벗지 못해 균형을 잃고 만 것이다.

"앗, 발이 걸려서…… 우왓!"

아스카가 내 가슴에 뛰어들었다.

"으엇!"

난 황급히 아스카를 안아서 받아냈다.

작은 몸, 부드럽고 하얀 피부, 콧구멍을 간질이는 달콤한 향기. 어떻게 뜯어봐도 미소녀입니다. 정말 감사합니다.

우연히 터진 두근두근한 사건에 두근거릴 틈도 없이 교실의 문이 열렸다.

입구에는 유키나 선배가 서 있어…… 아니, 이 상황은 안 좋다!

"케이타, 오늘 방과 후 말인데…… 아."

유키나 선배는 남자가 옷을 갈아입는 중이었다는 사실에 놀란 눈치였지만 나와 눈이 맞은 순간 표정이 험악해졌다.

"케이타. 낭자애한테 손을 댈 정도로 성욕을 주체하지 못한 거야?"

유키나 선배의 표정은 귀신과 같았다. 매번 생각하지만, 이건 이미 표정 예술의 경지다.

"아, 아니에요! 유키나 선배, 여기에는 이유가…….."

"장황한 변명은 됐어. 똥개에게는 징벌을 내려야지, 우후후……."

히이이이익! 왠지 웃는 모습이 무서운데요?!

남자들은 마귀모드 유키나 선배를 보자마자 겁먹은 얼굴로 교실에서 나갔다.

이제 교실에 남아있는 건 유키나 선배를 제외하면 나와 아스카뿐…… 어라?

옆에 있어야 하는 아스카가 없다.

"케이타! 살아있으면 나중에 보자!"

옷을 다 갈아입은 아스카는 교실 입구에서 나에게 손을 흔들었다. 너도 날 버리는 거냐!

"아스카! 혼자만 도망치다니, 치사하다!"

"내 좌우명은 '목숨을 소중히'야! 케이타, 무사하길 기도할게!"

아스카는 그런 말을 남기고 교실에서 나갔다.

기다려! 용사의 호령 같은 대사를 남기고 가지 마아아!

교실에는 유키나 선배와 단둘. 한낮의 떠들썩함이 거짓말처럼 정적에 휩싸였다. 마치 세상에 우리만 남겨진 것 같다……는 로맨틱한 분위기가 어울린다면 얼마나 좋았을까. 현실은 처벌 개시 5초 전이라고, 젠장!

유키나 선배는 나에게 성큼성큼 다가왔다. 그녀가 내뿜는 위압감을 앞에 두고 나는 한 발짝도 움직일 수 없었다.

"간다, 케이타…… 하앗!"

유키나 선배는 내 셔츠를 붙잡는 동시에 왼쪽 아킬레스건에 정강이를 재빠르게 댔다.

그 순간, 셔츠를 아래로 끌려 중심이 내려갔다.

정신 차리고 보니 나는 넘어져 있었다.

"아얏! 뭐, 뭐 하는 거예요, 유키나 선배!"

"발뒤축후리기야."

"그런 걸 묻는 게 아니야! 왜 저한테 유도 기술을 거는 거예요!"

"당연히 하인을 교육하기 위해서지."

유키나 선배는 실내화를 벗고 내 등을 꾹꾹 밟았다.

"후훗. 아파서 못 참겠지?"

유키나 선배가 즐거운 듯이 웃었다.

큭! 이대로 밟히면 몸이 찌부러져…… 어라?

이상하네. 전혀 안 아파.

아프긴커녕 몸이 따끈따끈해서 기분 좋아.

설마 밟혀서 몸이 뜨거워지는 날이 올 줄이야…… 큭! 난 이제 유키나 선배 없이는 살아갈 수 없는 몸으로 조교당하고 만 것인가!

"흐아…… 엄청 좋아요, 유키나 선배."

"어?"

"거길 밟히면 몸이 뜨거워져서……!"

"에엑?!"

유키나 선배는 황급히 발을 치웠다.

"아아! 잠깐만요! 왜 그만두는 거예요!"

"케이타가 기분 나쁜 말을 해서 그런 거잖아?!"

"오히려 기분 좋아요! 몸 안쪽이 찡하게 뜨거워진다고나

할까!"

"뭘 느끼는 거야, 이 변태!"

유키나 선배는 얼굴을 새빨갛게 물들이고 나를 째려봤다.

아니, 아니라고! 이건 림프선적인 그런 걸로 기분이 좋아졌을 뿐이니까!

"자, 유키나 선배! 좀 더 밟아주세요!"

"흐에에에?! 왜 그렇게 거침없이 오는 거야?!"

"부끄러워하지 말고! 절 좀 더 짓밟아주세요! 자!"

자신도 좀 깰 정도로 부탁하니 유키나 선배가 눈물을 글썽였다.

"으읏…… 케이타는 변태야! 썩을 발 페티시!"

"썩을 발 페티시?!"

"어차피 맨날 내 발로 야한 망상 하고 있지!"

"아, 아니, 그건 뭐……. 그래도 매일은 아니거든요?!"

"역시 망상하잖아! 이 불끈불끈 돼지 남작!"

"기묘한 별명으로 부르는 거, 그만해줄 수 없나요?!"

"사춘기 남자애니까 눈감아줬지만, 요즘 케이타는 성욕에 너무 빠졌어! 여자애한테 변태 같은 짓만 하고! 떽, 한다! 그리고 내 발을 너무 보잖아!"

"안 빠졌어! 그보다 유키나 선배의 발을 좋아하게 된 건 당신의 조교 때문이거든요?! 이 진성S 츤데레 아가씨!"

"뭐, 뭐어? 발이 좋다는 말을 들어도 전혀 안 기쁘거든!

가끔만 밟아줄 거거든~!"

우당탕탕탕!

유키나 선배가 쏜살같이 도망쳤다. 이러니저러니 해도 가끔은 밟아준다고 한다…… 아.

난 중대한 사실을 깨닫고 말았다.

지금 대화…… 난 꾸밈없는 유키나 선배와 대화한 게 아닐까?

"평범하게 '흐에에에'라던가 '떽'이라고 했지……?!"

목소리도 조금 어린 느낌이었고, 무엇보다 너무 노골적으로 츤데레였다. 그건 틀림없이 유키나 선배의 본모습이다.

전에도 순간적으로 눈앞에서 좋아하는 티를 낸 적이 있었다. 하지만 그렇게 대화의 랠리가 이어진 적은 없었다.

혹시…… 모르는 사이에 또 사이가 좋아졌나?

"유키나 선배. 좀 더 친해지면 언젠가 본모습을 숨기지 않은 당신과 데이트하게 해주세요."

아무도 없는 교실에서 나는 몰래 꿈을 중얼거렸다.

"아, 이런. 빨리 체육관에 가야지."

난 기쁨을 곱씹으면서 서둘러 옷을 갈아입고 체육관으로 향했다.

【보이♂시 소녀와 천진난만 소녀】

주말, 집에서 느긋하게 게임을 하고 있으니 방문이 열렸다.

"케이타. 들어갈게."

아스카는 그렇게 말하고 내 방에 들어왔다.

왜 우리 집에 오는 여자는 인터폰을 안 울리는 거냐고. 여긴 너희 집 아니거든?

아스카는 검은 후드티를 입고 있었고 아래에는 치마를 입고 있었다. 여전히 여성복이 잘 어울린다.

"케이타, 게임하고 있었어? 무슨 게임이야?"

"파티 게임이야. 미니게임이 많이 들어있어서 혼자 해도 재밌게 할 수 있어."

최근에 샤로가 "레이스 게임 외에도 다 같이 할 수 있는 게임을 하고 싶어!"라며 떼를 써서 산 게임이다.

용돈에 여유가 있는 건 아니었지만, 샤로가 좋아하는 얼굴을 보고 싶어서 무심코 사버렸다. 이 나이에 손자가 갖고 싶어 하는 것은 뭐든지 사주는 할아버지의 기분이 이해되는 느낌이 든다.

"흐음. 케이타의 방은 여자 집합소니까. 파티 게임이 있으면 모두가 좋아하지?"

아스카는 눈을 반쯤 뜨고 나를 노려봤다. 집합소인 건

사실이긴 하지만 악의가 느껴지게 말하지 않았으면 한다.

"그건 그렇지만…… 딱히 상관없잖아."

"나라는 약혼자가 있는데 너란 남자는……. 뭐, 그런 다정한 점이 좋지만."

아스카는 어째서인지 볼을 붉혔다. 완전히 약혼자 포지션인데, 난 아직 그 프러포즈 인정 안 했다고?

"저기, 케이타. 오늘 밤에 무슨 약속 있어?"

"아니, 딱히 없어."

"정말? 그럼 케이타네 집에서 자도 돼?"

"어어. 딱히 상관없…… 뭐어어어?!"

고개를 끄덕일 뻔했지만 서둘러 부정했다.

"아니, 안 되지! 남녀가 단둘이서 자다니!"

"무슨 소리야? 난 남자인데?"

아스카는 이상하다는 얼굴로 고개를 갸웃거렸다. 귀엽지만 자고 가는 건 안 됩니다! 이 아빠는 허락할 수 없어요!

아스카는 나를 동성 친구를 대하는 것과 똑같은 느낌으로 대한다. 거기에 적극적으로 호의를 표현하는 모양새. 둘이서 하룻밤을 지내게 되면 정조가 위험할 수도 있다.

"아무튼 자고 가는 건 안 돼."

"왜? 남자끼리니까 괜찮잖아."

"그건…….."

"같이 목욕하자."

"왜?!"

"아, 역시 좁으려나. 그럼 근처에 있는 목욕탕에 가자. 알몸으로 솔직하게 교제하는 거야."

"있잖아…… 알겠어? 나랑 아스카가 서로에게 알몸을 보여주는 건 윤리적으로 무리야. 낭자애랑 같이 목욕탕에 들어가면, 그건 거의 범죄야. 알겠어?"

"알았어. 그럼 쿠사츠*에 가자."

"온천도 안 돼! 전혀 이해 못 했잖아!"

내가 혼내자 아스카는 "서로에게 알몸을 보여주는 게 안 되는 거야? 후훗, 케이타는 부끄럼쟁이구나"라며 웃었다. 안 되는 건 네 머리라고! 바~보, 바~보!

딴지를 거느라 지쳐있으니 집의 문이 열렸다.

"케이타 선배~! 같~이 놉~시~다!"

쥬리가 손을 흔들면서 방에 들어왔다. 얇은 카디건을 걸쳤고, 드물게도 치마 차림이었다.

"케이타. 얘는 누구야?"

아까 전까지 웃고 있었던 아스카의 표정이 험악해졌다.

"얘는 타이나카 쥬리. 후배 여자애고, 중학교 때부터 알고 지냈어."

"흐음…… 만나서 반가워, 쥬리. 난 헤비카와 아스카. 케이타의 『약혼자』야. 케이타하고는 쥬리보다 훨~씬 오랫동

---

*군마현에 위치한 온천 관광지. 군마현의 명물이며 일본 3대 온천에 뽑히는 등, 일본에서도 유명한 온천지이다

안 알고 지냈어. 잘 지내자."

아스카는 '약혼자' 부분을 강조해서 자기소개했다. 저기, 갑자기 시비조로 대하는 건 그만해주실 수 없나요?

"어…… 케이타 선배, 이렇게 귀여운 여자 소꿉친구가 있었습까? 게다가 약혼자라니……."

쥬리는 어깨를 탁 늘어뜨렸다. 이런, 완전히 오해하고 있다.

"쥬리, 아스카는 남자야. 그리고 약혼자라는 건 아스카의 일방적인 주장이야."

"정말~, 케이타도 참. 사실은 나한테 푹 빠져있으면서."

"왜 그렇게 되는 건데."

"그야 체육 시간에 옷 갈아입으면서 내 팬티를 뚫어지게 봤으니까."

"그, 그건 불가항력이잖아!"

모두의 시선으로부터 지켜줬는데 그렇게 말하는 건 아니라고 생각한다.

"엑?! 왜 둘이 같이 옷을 갈아입은 검까? 보통은 남녀 따로 아닌가……?"

쥬리가 의문을 표하자 아스카는 고개를 좌우로 저었다.

"아니야. 아까 케이타도 말했지만, 난 남자야."

"아스카 선배가 남자…… 나하핫! 농담도 심하시네~. 이렇게 귀여운 사람이 남자일 리가 없습다."

"귀, 귀여워? 내가?"

"넵."

"그, 그래…… 에헤헤. 고마워."

아스카는 쑥스러운 듯이 웃었다. 아무래도 귀엽다는 말을 듣는 게 기쁜 모양이다.

"있잖아, 쥬리. 믿을 수 없겠지만 아스카는 진짜로 남자야."

내가 다시 설명해도 쥬리는 아직 믿을 수 없다는 눈치였다.

"또 그러신다. 둘이서 절 놀릴 생각이십까? 그렇게는 안 됩다."

"아니, 진짜라니까."

"그럼 확인해도 괜찮습까?"

확인한다니, 어떻게?

물어볼 틈도 없이 쥬리가 아스카 앞에 섰다.

"실례하겠습다."

그러더니 놀랍게도 쥬리가 아스카의 치마 속에 손을 넣었다. 매번 있는 일이지만, 넌 진짜 분위기 좀 파악해라!

"앗, 앗…… 응흐……읏!"

움찔움찔!

아스카는 애달픈 얼굴로 새어 나오는 목소리를 억누르듯이 입에 손을 댔다. 안짱다리로 무릎을 부들부들 떨었다.

여자애가 낭자애를 욕보이는 광경을 보고 나는 생각했다……. 이런 야한 책도 괜찮겠다고!

"앗…… 흐냐아아앗?!"

쥬리는 황급히 손을 뺐다.

얼굴을 새빨갛게 물들이고 손을 바들바들 떨었다.

"왜, 왜왜왜왜…… 왜 아스카 선배의 고간에 아스파라거스가 자라나 있는 겁까?!"

"그, 그러니까 말했잖아! 난 남자라고!"

"어…… 그럼 내가 지금 만진 건 진짜 고, 고고고고…… 거, 거짓말이다!"

"아직도 안 믿는 거야?! 너 끈질기구나!"

"그럼 벗어보십쇼!"

쥬리는 양손의 손가락을 촉수처럼 꾸물꾸물 움직였다.

"쥬, 쥬리? 뭐 할 생각이야?"

"치마를 젖혀 이 눈으로 확인하겠슴다! 자! 아스카 선배의 아스파라거스를 보여주는 겁다!"

"바보야?! 난 남자라고?! 남자의 그걸 보고 싶다니, 변태잖아!"

"변태 아님다! 지금은 단지 머릿속이 아스파라거스 밭이 되었을 뿐임다!"

"아마 그건 성욕이 강한 편인 변태인 것 같은데?!"

아스카는 눈물 맺힌 눈으로 당황했다.

이대로라면 쥬리가 아스카의 아스파라거스를 보고 실신할지도 모른다. 잘못하면 서로에게 트라우마가 될 것이다.

하아. 어쩔 수 없지. 폭주하는 쥬리를 막을까.

"쥬리. 아스카는 틀림없는 남자야. 그러니까 그만해. 너도 진짜 아스파라거스는 안 보고 싶잖아?"

"윽…… 알았슴다. 그럼 다른 방법으로 확인하겠슴다."

"다른 방법?"

그렇게 물어보니 쥬리는 아스카의 얼굴을 딱 가리켰다.

"즉! 패션쇼인 검다!"

"패션쇼라니…… 무슨 소리야?"

"아스카 선배는 남장을 해주셔야겠슴다. 그 모습이 남자다우면 남자로 인정하겠슴다. 아, 참고로 여장도 하셔야함다. 후후후……."

쥬리는 의미심장하게 웃었다.

남장은 이해가 되는데, 여장은 의미 없지 않나……? 아. 이 녀석, 보아하니 아스카에게 귀여운 옷을 입히고 노는 게 목적이군?

"그렇구나. 난 제시된 의상을 소화하면 되는 거지?"

"그런 검다. 그렇게 됐으니 아스카 선배, 입어주실 거죠?"

"싫어. 귀찮아."

"어쩌섬까! 지금 완전히 받아들이는 흐름이었잖슴까!"

울상이 된 쥬리는 아스카에게 달라붙었다.

"부탁임다! 입어주십쇼!"

"야, 야! 달라붙지 마! 가슴이 닿고 있다니깐!"

얼굴을 빨갛게 물들인 아스카는 들러붙는 쥬리를 떼어내려고 했다.

하지만 쥬리는 붙잡은 후드티를 놓지 않았다. 대체 얼마나 필사적으로 부탁하는 거냐.

"안 입어주면…… 이번에야말로 치마를 젖힐 검다?"

"히이이이익! 아, 알았어! 하면 되잖아, 하면!"

아스카가 마지못해 받아들이자 쥬리는 『와~!』라고 하며 그 자리에서 뛰었다. 가슴도 출렁출렁 흔들렸다.

"내 방에서 파리 컬렉션 열지 말라고……."

내 항의 같은 건 들어줄 리도 없었고, 아스카의 패션쇼가 열리게 되었다.

◆

내가 남자 옷을, 쥬리가 여자 옷을 각자 준비하게 되었다.

현재 아스카는 욕실의 탈의실에서 옷을 갈아입고 있다. 먼저 남성복부터다.

"다 갈아입었어."

탈의실에서 아스카가 나왔다.

위는 가죽 재킷에 이너는 하얀 티셔츠, 아래는 대미지

진을 입었다. 내가 가진 옷 중에서는 이게 최대한으로 남자다운 코디다.

단, 여기서 한 가지 문제가 발생했다.

"아~…… 사이즈가 안 맞네요."

내 옆에서 쥬리가 쓴웃음을 지었다.

아스카와 나는 키도 체격도 다르다. 사이즈가 안 맞는 건 당연한 일이었다.

"아스카 선배. 옷이 너무 헐렁헐렁함다. 뭔가요? 검은 옷을 입은 조직에 의해 약을 먹고 몸이 줄어든 검까?"

"크아! 시끄럽구만, 어차피 난 몸이 가냘프거든요~!"

쥬리에게 놀림을 받고 고개를 홱 돌리는 아스카. 뭐야 그 새침한 태도. 귀여움 포인트 100점 주고 싶은데요.

"음~. 역시 남자 옷은 안 어울림다. 역시 귀여운 옷을 입어야 함다."

쥬리는 히죽거리면서 그렇게 말했다. 이 녀석, 당초의 목적은 완전히 잊고 즐기고 있구먼.

"아스카 선배. 다음, 여성복 부탁드림다! 자자, 빨리빨리!"

"왜, 왠지 들뜬 것 같은데…… 알았어. 갈아입고 올게."

아스카는 "쥬리보다 귀엽게 변신할 거야!"라는 대사를 남기고 탈의실로 향했다. 틀렸다. 애도 당초의 취지를 잊어버렸어.

기막혀하고 있으니 탈의실에서 아스카가 소리 질렀다.

"오오~! 뭐야 이거, 엄청 귀여워!"

아스카는 흥분한 기색으로 "에헤헤, 처음 입는 거다~!"라며 들뜬 목소리로 말했다. 아무래도 쥬리가 준비한 의상이 마음에 든 모양이다.

"야, 쥬리. 아스카 녀석, 왠지 기뻐하고 있어."

"후후후, 케이타 선배도 보면 좋아할지도 모름다."

쥬리는 의기양양하게 그렇게 말했다. 어지간히 자신이 있는 모양이다.

"다 갈아입었어."

아스카가 탈의실에서 나왔다.

"……?!"

너무나도 귀여워서 나는 말문이 막혔다.

아스카가 입고 나온 옷은 나도 아는 복장이었다. 쥬리가 아르바이트하는 곳의 유니폼과 거의 똑같았다.

아스카는 핑크색 메이드복에 하얀 니삭스를 신고 있었다. 딱 한 곳 다른 점은 가슴이 강조되지 않았다는 점. 음. 거유도 좋지만, 빨래판도 좋다. 즉, 가슴이란 거기에 있는 것만으로도 존엄하다는 것이다!

"호오…… 엄청 귀엽네요. 츄릅."

쥬리는 아스카의 전신을 핥듯이 보면서 숨을 거칠게 쉬며 그렇게 말했다. 츄릅이 아니라고. 침 닦아, 이 변태 녀석. 츄릅.

"케이타 선배. 침 더럽슴다."

"너한테 그런 말 듣고 싶지 않거든!"

손수건으로 입을 닦고 있으니 등을 쿡쿡 찔렸다.

뒤돌아보니 아스카가 시선만 올려 나를 보고 있었다.

"주인님. 제가 봉사하게 해주세요……. 안 되나요?"

아스카는 달달한 목소리로 졸랐다.

……살짝 소리쳐도 되나?

냥냥 하자고오오오오오오오!

메이드가 '봉사하게 해달라'고 하는데 거절할 주인이 있을까? 아니, 없지! 이런 짓이나 저런 짓을 명령하고 싶어지는 것은 필연! 호색의 신님, 이건 무슨 에로 게임입니까?!

아스카는 남자라고? 그런 건 상관없어! 내 전속 미인 메이드다! 자, 봉사를 듬뿍듬뿍 하는 거다!

──라고 외치면 기분 나쁘니, 이 감동은 나중에 일기에 적어두려 한다.

"주인님. 나한테 뭐든 명령해도 된다고?"

아스카는 메이드복이 어지간히 마음에 들었는지 상당히 신이 나 있었다. 물론 나도 신난다.

"그럼 어깨 안마를 받아볼까!"

"알겠습니다."

내가 그 자리에 앉자 아스카는 어깨를 주무르기 시작했다.

"어때, 주인님."

"기, 기분 좋아, 아스카……."

"여기가 좋아?"

"앗…… 하아앗…… 엄청 좋아…… 큭!"

주물주물. 꾸욱꾸욱.

아스카는 절묘하게 힘을 조절해서 어깨가 뭉친 곳을 풀어나갔다.

손가락에 힘을 줄 때마다 "응……", "하아……앙" 하고 에로한 한숨을 쉬는 게 정말 좋다. 이 변태 메이드! 좋다, 더 해라!

"아스카는 어깨를 잘 주무르네. 마사지 재능이 있어."

"정말? 후훗, 기쁘네."

"나중에 발도 마사지 받아 볼까~."

"후훗. 주인님은 욕 · 심 · 쟁 · 이…… 좋아. 오늘은 케이타의 말은 뭐든지 들을게."

"호오…… 그렇다면 메이드 아스카여! 나를 만족시켜보아라!"

"주인이여, 이걸 받는 게 좋을 것이다…… 메이드 진권오의! 넥 에이드 모에모에 찌르기이!"

"앗, 앗, 거기이이이! 목이, 갱장히 조아아아아아!"

너무 신나서 우리의 분위기는 엉뚱한 방향으로 가열되기 시작했다. 메이드 진권은 또 뭐냐. 분위기가 새벽 2시 분위기야.

둘이서 꺅꺅대며 놀다가 문득 시선을 느꼈다. 쥬리가 이쪽을 재미없다는 듯이 보고 있었다.

"치이…… 메이드력이라면 저도 안 져요!"

무슨 생각을 한 건지 쥬리는 탈의실로 뛰어 들어갔다.

잠시 뒤, 쥬리가 모습을 드러냈다…… 아니, 왜 너도 메이드복을 입고 있는 거냐?!

"주인님. 저도 봉사하게 해주십쇼."

"어? 아니, 하지만 지금은 아스카 차례니까……."

"아스카 선배가 하는 것보다 더 재밌는 걸 합시다."

"재, 재밌는 거?"

"메이드 진권 비밀 오의 '무릎베개'…… 안 하고 싶습까?"

쥬리는 작은 악마처럼 큭큭대며 웃고는 그 자리에 앉았다.

메이드 진권 비밀 오의 무릎베개── 그것은 인기 없는 남자의 꿈. 여자친구가 해줬으면 하는 것 중 당당히 3위를 차지한 행위다!

자연스럽게 쥬리의 허벅지에 시선이 빨려 들어갔다.

저 부드러워 보이는 절대영역 위에 머리를 올려도 된다는 건가. 거절할 이유는 없지, 크크크…….

"시, 실례합니다~!"

나는 아스카에게서 떨어져 쥬리의 무릎 윗부분에 머리를 올렸다.

"이, 이건……!"

적당히 부드럽고 높이도 딱 좋아.

가장 좋은 점은 시야다. 쥬리와 서로 바라보는 자세가 된다……고 예상했지만, 쥬리의 가슴이 너무 컸다. 올려다 보아도 시야에는 오로지 쥬리의 가슴밖에 없었다. 아래에서 보는 가슴, 정취가 느껴진다.

"주인님. 제 무릎베개, 어떻습까?"

"음. 나쁘지 않아. 칭찬해주도록 하지."

내가 분위기를 타서 그렇게 말하니, 쥬리는 "그렇다네요. 흐흥~"이라며 자신만만하게 아스카에게 말했다. 얼굴은 안 보이지만 쥬리의 우쭐거리는 얼굴이 눈에 선했다.

"뭐, 뭐야! 케이타는 나보다 쥬리가 더 좋은 거야?!"

아스카는 나에게 얼굴을 가까이 대며 화냈다.

이대로라면 둘이 싸우고 말 것이다.

여기서는 둘의 주인으로서 이 상황을 잘 수습해야 한다. 훗. 주인님은 괴롭구면요, 으흐흐흐……

"둘 다 싸우지 마. 난 아스카의 어깨 안마도 좋아. 그러니까 아스카, 너도 나에게 봉사해도 되거든?"

주인 되는 자, 한쪽만 편애하는 것은 좋지 않다. 모든 메이드를 평등하게 대해야지! 흐하하하!

그렇게 생각하고 있었는데, 둘의 상태가 이상하다. 아까 전까지 떠들썩했던 방이 갑자기 조용해졌다.

"……흐음~. 케이타 선배는 메이드라면 누구든지 좋다 이겁까? 무릎베개해주는 여자애라면 제가 아니라도 좋은 거네요."

쥬리는 무릎베개를 그만두고 분노에 찬 두 눈으로 나를 내려다봤다. 이마에는 힘줄이 선명하게 드러나 있었다.

"어? 아니, 난 그저 모두 사이좋게 지냈으면 해서……."

"그러니까 메이드가 몇 명이 있든 사이좋게 나에게 봉사해라, 이 말인 거죠? 상상 이상으로 상당히 쓰레기 같은 발상임다."

어라아아아?! 뭔가 예상했던 반응이랑 다른데요?!

다 같이 꽁냥꽁냥 봉사 타임일 줄 알았는데, 왜 이렇게 된 거지?

도움을 구하려고 아스카 쪽을 봤다. ……아, 틀렸다. 아스카도 부모의 원수를 보는 눈을 하고 있다.

아스카는 "구제할 길이 없는 변태구나. 이 발정 뒤룩뒤룩 고릴라"라며 욕을 퍼부었다. 뭐야 그 독특한 센스의 욕은. 유키나 선배 이외의 사람에게는 들은 적이 없다고.

"케이타 선배, 최악임다. 귀여우면 안 가리는 겁까. 흐음."

"잠깐, 쥬리! 난 안 가리는 게 아냐! 난 유키나 선배한테 일편단심이니까!"

"흠~. 유키나 선배한테 일편단심인데 저나 아스카 선배하고도 꽁냥대고 싶은 겁까. 팔자 좋네요."

쥬리는 "인기 많은 남자는 괴롭네요오?"라며 귀신같은 표정으로 말했다.

히이이이익!

혹시 불에 기름을 끼얹은 건가아아아?!

"이거 유키나 진권 비밀 오의 '처벌'이 필요한 것 같군요…… 아스카 선배. 그쪽 부탁드림다."

"알았어."

쥬리는 내 오른팔을, 아스카는 내 왼팔을 각자 붙잡더니 곧바로 양다리로 팔의 관절을 꺾는 자세에 들어갔다.

이전에 난 유키나 선배가 쓰는 이 기술을 받아낸 적이 있다.

이건…… 이건 내가 제일 좋아하는 '팔가로누워꺾기'다!

양팔은 허벅지에 감싸이고 얼굴에는 메이드의 발이 닿아 있다. 이건 이미 봉사라기보다는 포상! 딜리버리 굳히기 기술 메이드 카페, 오늘 오픈! 흐힛!

정신 차리고 보니 난 두 사람의 발을 만끽하고 있었다.

역시 남자라서일까. 아스카의 다리는 근육이 조금 있어서 약간 딱딱한 느낌이 있었다.

대조적으로 쥬리의 허벅지는 부드럽다. 말랑말랑해서 유키나 선배와 좋은 승부를 펼칠 수 있다…… 아니, 난 바보인가! 쥬리한테 흥분해서 어쩌자는 거냐! 확실히 난 발 페티시가 있는 영락한 변태지만 나를 만족시키는 것은 유키나 선배뿐이다!

내면의 적과 싸우고 있으니 행복한 시간은 무정하게도 막을 내렸다.

"케이타 선배. 각오는 돼 있겠죠? 으럇!"

우득우득우득!

양 팔꿈치의 관절이 반대편으로 꺾였다.

아까 전까지의 흥분은 격통으로 인해 안개처럼 사라졌다.

"꺄아아아! 쥬리, 타임! 진짜 아프다고오오!"

"이게 우리 방식의 봉사임다. 그렇죠, 아스카 선배?"

"그렇지. 자자! 이게 좋은 거지, 주인님!"

우득우득우득!

어째서인지 신이 난 두 사람은 힘을 더 줘서 내 관절을 꺾었다.

"아야야얏! 그만해, 둘 다! 내가 그렇게 나쁜 짓 했어?!"

"했어! 유키나 씨를 좋아한다고 했잖아!"

아스카가 "이 바람둥이!"라며 나를 매도했다.

"바람둥이고 나발이고 내가 언제 네 약혼자가 된 거냐! 나한테는 기억이 없다니깐!"

"케이타가! 기억해낼 때까지! 난 관절 파괴를 멈추지 않겠어!"

"올곧은 눈으로 무서운 소리 하지 마!"

"자, 떠올려! 장미반 교실에서 행해진 사랑의 고백을!"

"그러니까 그런 기억 없다고 말하고 있잖…… 응?"

잠깐만.

지금 장미반이라고 했나?

"이, 이봐 아스카! 그 고백 건으로 할 얘기가 있어! 일단 기술을 풀어줘!"

"어? 설마…… 기억해낸 거야?!"

아스카는 굉장히 기뻐하며 내 왼팔을 놓아줬다. 쥬리도 이 이야기에 흥미가 있었는지 순순히 기술을 풀었다.

"아스카는 '장미반'이었지?"

"맞아. 케이타도 같은 반인걸."

"아니…… 난 '백합반'이었는데."

"……으에?"

실내에 정적이 찾아왔다.

아스카는 눈을 깜빡이며 땀을 뻘뻘 흘리기 시작했다.

"거, 거짓말이지? '장미반', '나카타 케이타(中田慶太)'는 내 첫사랑이야……!"

"말하기 좀 껄끄럽지만, 난 '백합반'의 '타나카 케이타(田中啓太)'야."

"타나카…… 나카타, 가 아니라?"

말문이 막힌 아스카는 입을 뻐끔거리며 공기를 먹었다.

지금 대화로 명확해졌다.

어쩐지 프러포즈 사건이 기억에 없다 싶었다.

아스카가 프러포즈한 사람은 내가 아니라 다른 사람이었다.

"아스카…… 그, 뭐냐. 아무래도 난 네가 좋아했던 '케이타'가 아닌 것 같아."

상당히 거북했지만 난 진실을 고했다.

아스카는 눈을 빙빙 돌렸고, 그리고 외쳤다.

"뭐…… 뭐라고오오오오오오오?!"

내 방에 아스카의 절규가 메아리쳤다.

【설령 약혼자가 아니었다고 하더라도 ~사랑의 메롱~】

아스카의 약혼자는 내가 아니다.

그런 충격적인 사실을 알게 되고 며칠이 지났다.

아침, 학교의 복도를 걷다가 교실 앞에서 아스카와 만났다.

"아스카. 안녕."

"아…… 안녕, 케이타."

인사를 끝내니 아스카는 노골적으로 시선을 돌렸다.

그날 이후로 아스카는 갑자기 서먹서먹해졌다. 아스카가 이야기를 거는 일은 없었고, 같이 등하교도 안 하고 있다.

분명 나와 얼굴을 맞대는 게 어색할 거다. 약혼자라고 어필하던 상대가 전혀 다른 사람이었으니 그럴 만도 하지.

아스카의 구애를 받아 말썽이 늘었다. 반의 남자는 아직도 날 적시하고, 유키나 선배도 신경이 곤두서 있다.

하지만 아스카가 곁에 있는 떠들썩한 나날은 싫지 않았다.

요 며칠을 돌아보면 아스카의 웃는 얼굴만이 뇌리에 떠오른다. 말썽만 일어나진 않았다. 아스카는 내 일상에 여러 색채를 줬다.

……이대로 소원해지는 건 싫다.

내가 아스카의 약혼자가 아니라도.

아스카가 날 좋아하지 않는다고 해도.

우린 친구가 될 수 있지?

"있잖아, 아스카. 그…… 평소대로 대해주지 않을래?"

"어?"

"신경 쓰고 있지? 나랑 나카타를 착각한 거."

"……폐를 참 많이 끼쳤지. 정말 미안해."

아스카는 힘없이 그렇게 말하고 고개를 숙였다.

정말이지…… 왜 내 주변에는 사람 대하는 게 서툰 녀석밖에 없는 거냐고.

나한테 폐를 끼쳤다고?

그게 뭐 어쨌다고.

착각을 좀 해서 헛돌았을 뿐이지, 난 널 싫어하거나 하지 않아.

난 아스카의 머리를 살짝 쓰다듬었다.

"……케이타?"

"그런 사소한 일 신경 쓰지 마. 너답지 않아."

"사소한 일……?"

"약혼자 일 말이야. 대수로운 일이 아니잖아."

"아니, 대수로운 일이라 생각하는데…… 보통이라면 깬다고? 착각해서 약혼자다~ 라면서 난리 피우고, 혼자 들뜨고 말이야. 나, 바보 같아──."

"그만."

"앗……."

난 아스카의 입술에 검지를 댔다.

놀라서 침묵하는 아스카를 확인하고 나는 천천히 손가락을 뗐다.

"이런 일쯤은 '미안하다' 하고 한마디만 하면 그만이라고. 울 것 같은 표정 짓지 마. 아스카가 약혼자가 아니라고 해도 난 전부 받아들일 거니까."

"케이타……."

"그런 사소한 것보다…… 난 아스카가 기운이 없으면 슬퍼."

그렇다고 해도 전처럼 나한테 구애해도 곤란하지만.

아스카의 볼은 살짝 빨갰고, 눈동자는 약간 촉촉했다.

"상냥하네, 케이타는. 그런 점은 존경해. 그런 점은."

"상냥하다는 것만 강조하지 마. 그 외에는 글렀다는 것처럼 들리잖아."

"후훗, 농담이야. 그럼 화해하자?"

아스카는 쑥스러운 듯이 손을 내밀었다.

"알았어. 그럼 이걸로 친구 사이인 거다."

화해의 악수를 했지만, 어째서인지 아스카의 표정은 어두웠다.

"'친구 사이'인가……."

아스카는 작은 목소리로 나지막이 중얼거렸다.

내가 약혼자가 아니라는 것을 안 지금, 나와 아스카는 친구 사이일 것이다. 대체 뭐가 불만이지?

어리둥절해 있으니 모르는 남학생이 말을 걸어왔다.

"저기…… 너, 헤비카와 아스카 맞지?"

그 학생은 단적으로 말해서 미남이었다.

키가 크고 청결감이 느껴졌다. 얼굴도 잘생긴 것이, 산뜻하고 멋진 청년이었다.

"응. 내가 헤비카와 아스카인데…… 넌?"

"역시 맞네! 나야, 나! 같은 장미반이었던 나카타 케이타야!"

뭐…… 뭐어어어어어어어?!

또 한 명의 케이타, 같은 학교에 있었냐!

"어, 케이타……?"

아스카는 눈을 크게 뜨고 입을 뻐끔거렸다.

갑자기 약혼자가 나타나면 당연히 놀라겠지. 최근에 나도 똑같은 상황에 빠져 동요한 기억이 있다.

"그립네! 자주 진흙공 만들면서 놀았잖아. 아스카, 기억나?"

"어? 으, 응! 물론이지~!"

거짓말하네. 나랑 나카타를 완전히 착각했잖아.

기막혀하고 있으니 교사에 종소리가 울렸다. 복도에서 담소하던 학생들이 각자의 교실로 돌아갔다.

"자, 자리에 앉아야 해!"

종이 울린 틈을 타서 아스카가 도망치려고 한 그때, 나카타는 "기다려!" 하고 멈춰 세웠다. 그의 진지한 눈에서 심상치 않은 각오가 느껴졌다.

"……저기, 아스카."

"어, 왜?"

"그날의 약속, 기억해? 나, 아스카를 좋아해."

우리밖에 없는 아침의 복도에서 나카타는 대담하게도 고백했다.

아무래도 나카타도 그 약속을 진심으로 믿고 있었던 것 같다.

그렇다면 두 사람은 서로 좋아하는 사이다. 아스카의 친구로서 축복해주자.

그렇게 생각했는데, 나는 순순히 기뻐할 수 없었다.

아스카가 괴로운 표정을 짓고 있기 때문이다.

……왜 그러지?

너무 갑작스러워서 아직 마음의 정리가 안 된 건가?

"그날의 약속 말인데…… 지금도 유효할까?"

나카타는 기도하듯이 그렇게 말했다.

잠시 시간을 두고 아스카는 입을 열었다.

"약속은 기억하고 있어."

"저, 정말이야?"

"하지만…… 미안해. 케이타랑은 사귈 수 없어."

……'사귈 수 없어'?

지금 당장 대답할 수 없다, 고 한다면 이해가 된다.

하지만 그토록 연모하던 약혼자와 '사귈 수 없다'라는 발언은 이해가 안 됐다.

"왜 사귈 수 없는 거야? 이유를 물어봐도 될까?"

나카타의 질문에 아스카는 잠시 생각한 뒤에 마음을 털어놓았다.

"나, 좋아하는 사람이 있어. 그러니까 케이타의 마음은 받아줄 수 없어."

"그, 그럴 수가……!"

"그리고 지금까지 말 안 한 게 있는데…… 나, 남자야."

"어?"

나카타는 얼빠진 소리를 냈다.

"아하하. 무슨 말을 하는가 싶었는데, 아스카가 남자라고? 그야 남자 교복을 입고 있지만, 난 안 속아. 이렇게 귀여운 남자가 있겠냐!"

저에게도 그렇게 생각하던 시기가 있었습니다.

하지만 나카타. 아스카가 한 말은 진실이야.

"진짜야, 케이타. 믿어줬으면 좋겠어."

"……그런가, 내가 포기하게 하려는 거지? 얕보지 말라고. 만약 네가 남자라면 내게 증거를 보여줘."

"······알았어. 약속을 깬 건 나야. 내 나름대로 성의를 보여줄게."

아스카는 얼굴을 새빨갛게 물들이고 나카타의 손을 잡았다.

그리고 나카타의 손을 자신의····· 고간에 문질렀다아아?!

"아, 아스카?! 가, 가가가갑자기 무슨 짓, 이야····· 흐아아아아아악?!"

나카타가 '움찔!' 하더니 몸을 떨면서 홱 물러섰다.

"아스카의 고간에 막대 아이스크림이 있어······?!"

그 은어는 안 된다고, 나카타!

액체가 떨어지는 비유는 NG다!

"케이타····· 어, 엉큼한 짓 해서 미안해. 그래도 이걸로 알았지······?"

"이, 이럴 수가. 어째서 고간에 날름날름 막대사탕이······?"

넋이 나간 나카타는 잠꼬대하듯이 중얼거렸다.

그러니까 나카타! 날름날름이라는 단어도 별로 안 좋아!

"그, 그런 거니까! 난 케이타랑은 사귈 수 없어!"

아스카는 부끄러운 듯이 눈을 꼭 감고 "미안!"이라고 말하더니 교실로 들어갔다.

나카타는 눈을 뒤집고 뭔가를 중얼거렸다.

"저기, 나카타····· 괜찮아?"

"······후후후. 아스카가 귀여운 건 변하지 않았어······

아니, 오히려 더 귀여워진 것 같아. 이건 귀여움에 성별은 관계없다는 증명인 것이 틀림없어……!"

"저기, 나카타……?"

"연애에 있어 성별은 상관없어! 아스카는 귀여워! 더 더욱 좋아졌어! 아하, 아하하하핫! 아하하하하핫!"

"나카타……?!"

큰일이다. 차인 충격으로 망가졌다.

……한동안 내버려 두는 편이 좋을 것 같다.

"나카타. 그럼 난 이만……."

계속해서 웃는 나카타에게 손을 흔들고 나도 교실로 돌아갔다.

◆

그날 점심시간의 일이다.

나는 아스카에게 불려 학교 옥상에 왔다.

매점에서 산 햄샌드위치를 꺼내 먹으면서 아스카에게 말을 걸었다.

"저기, 아스카. 그걸로 괜찮은 거야?"

"뭐가?"

"나카타 말이야. 잘 생겼고 성격도 좋아 보였잖아. 지금 당장 대답은 못 하겠지만, 친구부터 시작하는 것도 괜찮지 않았어?"

내가 그렇게 말하니 아스카는 볼을 불룩하게 부풀렸다.

"케이타는 너무하네. 내 마음도 몰라주고."

"마음이라니……."

그러고 보니 아스카는 '좋아하는 사람이 있다'라고 말하며 나카타의 고백을 거절했었지.

하지만 아스카가 좋아하는 사람은 약혼자인 나카타 케이타일 터.

그래서 더욱 아스카의 '사귈 수 없다'라는 말이 이해되지 않았다.

하지만 그 '좋아하는 사람은 약혼자'라는 전제가 무너지면 아스카의 주장도 이치에 맞다.

"아스카. 혹시 진짜로 달리 좋아하는 사람이 생긴 거야? 누구야?"

"어……? 케이타는 내가 '나카타 케이타'를 좋아하는 줄 알았어?"

"응. 그야 네 약혼자잖아."

아스카는 "이 녀석 너무 둔감해애애……"라며 가냘픈 목소리로 중얼거리고 머리를 싸맸다.

어? 나 또 뭔가 저질러버렸나요?

"……케이타. 나, 좋아하는 사람 있어."

"역시 그렇구나. 괜찮으면 가르쳐줘. 나라도 괜찮다면

이야기 들어줄게."

물어보니 아스카는 가만히 내 얼굴을 바라봤다.

빨려 들어갈 것 같은 올곧은 눈동자에 나도 모르게 가슴이 두근두근하고 뛰었다.

"……그 사람은 내가 폐를 끼쳐도 다정하게 대해줘. 느닷없이 '약혼자야'라면서 접근해도 상대해줘. 여자애 같은 날 이상한 눈으로 보지 않고 친구로서 대해줘. 내가 심한 착각을 해서 폐를 끼쳤을 때도 배려해준…… 그런 멋진 왕자님이야."

"어? 너, 그거……."

설마, 나라고 말할 생각은 아니겠지?

그렇게 말하기 전에 아스카는 얼굴을 나에게 가까이 댔다.

"엇──?"

그 순간, 부드러운 것이 볼에 닿았다.

볼에 뽀뽀를 받았다.

그 사실을 깨달은 순간, 볼이 확 뜨거워졌다.

"뭐…… 뭐뭐뭐, 뭐 하는 거야?!"

"이게 내 대답이야…… 둔감한 왕자님. 메~롱이다."

아스카는 혀를 날름 내밀었다. 그 볼은 딸기처럼 빨갰다.

"나, 역시 혼자서 점심 먹을래!"

아스카는 빵이 든 봉지를 재빠르게 집어 나에게서 도망치듯이 옥상을 떠나갔다.

나는 달려가는 아스카의 뒷모습을 멍하니 바라봤다. 빨간 트윈테일은 파도치듯이 휘날렸다. 잘 보니 귀까지 새빨갰다.

……살짝 소리쳐도 되나?

반해버릴 것 같잖아아아아아!

아니, 안 반할 거다?! 나한테는 유키나 선배라는 마음에 둔 사람이 있으니까! 그래도 저렇게 귀여운 애한테 키스를 받으면 두근두근하지!

그리고 떠날 때 한 메롱은 뭐야?! 히로인이냐! 그런 츤데레는 유키나 선배로 충분하다고!

하지만 나도 남자다. 지금은 순순히 인정하지.

난, 낭자애가 조아아아아아아아아!

──라고 외치면 메아리가 칠 테니 하지 말자.

"하아~…… 유키나 선배도 아스카만큼 적극적이었으면."

탄식하면서 최근의 자신을 돌아봤다.

쥬리와 아스카에게 휘둘리기만 하고 유키나 선배와의 거리를 좁히지 못했다.

이대로 가면 유키나 선배에게 미운털 박히지 않을까?

"……좋아, 정했어! 유키나 선배와 더 친해지자아아!"

일단 같이 놀자고 불러보기라도 할까.

나는 새로 결심하고 남은 햄샌드위치를 입 안 가득 집어넣었다.

【유키나 선배의 비밀】

학교에서 집으로 돌아오니 교복 차림의 유키나 선배가 있었다. 침대에 걸터앉아 책을 읽고 있었다.

"다녀왔습니다, 유키나 선배."

"어서 와, 걸어 다니는 야한 책. 오늘은 같은 반 여자한테 어떤 성희롱을 했어?"

"안 했는데?!"

누가 걸어 다니는 야한 책이라는 거냐. 내 존재 자체가 민폐 방지 조례 위반인 것처럼 말하지 말라고.

"정말이지. 유키나 선배는 금방 날 변태 취급한다니깐……. 책, 뭐 읽고 있는 거예요? 설마 또 고문과 관련된 책인 건……."

"오늘은 더 실천적인 책을 읽고 있어."

실천적……? 뭘까, 실용서인가?

책등을 확인했다. 제목은 '일러스트로 알 수 있는 태권도'였다. 이 사람, 더 강해질 작정이야.

"유키나 선배, 설마 저한테 실천할 생각은 아니겠죠?"

"그럴 생각이야. 케이타가 기뻐하는 얼굴을 보고 싶은걸."

"누가 태권도 기술을 맞고 기뻐한다는 거야! 변태냐!"

내가 좋아하는 건 굳히기뿐이라고…… 아니, 나 완전히

변태잖아! 정신 차려!

 ……이런, 안 되지. 또 유키나 선배에게 대화의 주도권을 빼앗겼어.

 이대로는 안 된다.

 왜냐하면 오늘은 유키나 선배에게 같이 놀자고 부르기로 정했으니까.

 최근엔 전학해 온 아스카를 보살펴주기만 했다. 그래서 유키나 선배와 사이를 돈독히 하는 이벤트는 전무. 아스카 건이 정리된 지금이야말로 데이트를 기획할 찬스다.

 ……그렇다고는 해도, 매번 그렇지만 데이트를 신청하는 건 긴장된다.

 나는 바짝 마른 목에 힘을 꼭 넣어 목소리를 냈다.

 "유키나 선배…… 이, 이번 일요일에 시간 있나요? 괜찮으면 노래방에 안 갈래요?"

 결심하고 말해버리니 긴장이 단번에 풀렸다.

 전에 단둘이서 불꽃놀이를 봤을 때, 유키나 선배는 좋아했다.

 나는 이 '단둘'이라는 점에 주목했다. 밀실에서 단둘이 되면 다시 솔직한 유키나 선배와 이야기 할 수 있지 않을까 하고 생각한 것이다.

 노래방의 이점은 그뿐만이 아니다. 듀엣으로 거리를 좁힌다는 숨겨진 기술도 있다.

나와 유키나 선배는 '록 밴드 트래몬을 좋아한다'라는 공통점이 있다. 둘이서 트래몬의 곡을 부르면 분명 친해질 것이다.

"그래, 케이타는 나랑 노래방에 가고 싶구나. 마침 일요일에는 시간 있어."

유키나 선배는 그렇게 말하고 훗 하고 미소를 지었다.

"사양할게."

"이 흐름에?!"

왜냐고! 지금 될 것 같은 분위기였잖아!

하지만 나도 여기서 물러설 수는 없다.

"왜죠? 같이 노래방 가요."

기죽지 않고 권유하니 유키나 선배는 말하기 거북하다는 듯이 입을 다물었다.

"그…… 난, 노래를 잘 못 불러. 음치야."

그러고 보니…… 전에 벽 너머로 유키나 선배의 콧노래를 들은 적이 있었는데, 음정이 꽤 어긋나 있었지.

"혹시 음치인 걸 신경 쓰는 건가요?"

그렇게 물어보니 유키나 선배는 얼굴을 빨갛게 물들이고 고개를 끄덕였다.

평소엔 독설하며 세게 나오는데 노래방에서 노래 부르는 걸 부끄러워하다니…… 너무 귀엽잖아! 이래서 유키나 선배를 끊을 수가 없다고!

"그럼 노래 특훈을 해요! 저라도 괜찮으면 같이 해줄게요!"

"케이타…… 그렇게 밀실에서 나한테 처벌을 받고 싶은 거야? 엄청난 돼지로구나."

"그런 말은 안 했는데?!"

부끄러운 걸 숨길 때마다 날 진성M으로 설정하지 마.

"저, 유키나 선배랑 트래몬의 곡을 듀엣으로 부르고 싶어서…… 안 되나요?"

"케이타랑 듀엣……."

유키나 선배는 잠시 생각한 뒤에 뚱한 표정으로 나를 째려봤다.

"……흥. 가끔은 하인과 놀아주는 것도 주인의 책무지. 좋아, 노래방에 가줄게."

유키나 선배다운 대답을 들으니 나도 모르게 안도의 한숨이 새어 나왔다.

"후…… 그럼 자세한 사항은 밤에 메시지로 보낼게요."

"알았어. 그리고 하나만 약속해."

"약속이요?"

"……내가 음치라는 거, 아무한테도 말하면 안 된다? 둘만의 비밀이야?"

유키나 선배는 입술을 삐죽 내밀고 시선만 위쪽으로 해서 올려다보며 부탁해왔다.

……살짝 소리쳐도 되나?

유키나 선배 너무 귀엽잖아아아아아!

둘만의 비밀이래! 만약에 폭로하면 어떻게 되지?!

『케이타 바보 멍청이! 비밀이라고 했잖아! 이젠 몰라!』라면서 볼을 부풀리고 삐지려나?! 저, 신경 쓰여요!

보고 싶다⋯⋯! 유키나 선배가 귀엽게 화내는 모습을 사진에 담고 싶다⋯⋯!

──라고 외치면 막 배운 태권도가 작렬할 테니 외치지 않았다.

"네. 물론 저희만의 비밀이에요──."

철컥!

약속을 하는 것과 거의 동시에 방문이 열렸다. 매번 생각하지만, 인터폰을 울리란 말이다.

"케이타 선배, 실례한다~!"

"크크크. 이 몸도 있느니라⋯⋯ 평안한가."

쥬리와 샤로가 인사하면서 방에 들어왔다.

"어라라, 유키나 선배도 있었네요⋯⋯? 둘이서 무슨 얘기를 하고 있었슴까?"

쥬리는 그렇게 말하고 나에게 얼굴을 가까이 댔다. 뭔가를 캐내는 듯한 쥬리의 게슴츠레한 시선에 무심코 시선을 돌렸다.

"따, 딱히~? 그냥 잡담이야."

"정말임까?"

"응. 진짜야."

"수상함다. 빠안~……."

"그, 그렇게 의심하지 마. 이번에 노래방에 가자는 이야기를 했을 뿐이야."

"노래방?! 저도 가고 싶슴다!"

아, 아차아아아아!

분위기 파악 못 하는 녀석 앞에서 실언했다아아아아아!

"아, 아니. 쥬리한테는 미안하지만, 이번에는 그, 유키나 선배랑 둘이서……."

"그런 섭섭한 소리는 하지 마십쇼! 샤로도 가고 싶죠?"

"샤로라고 하지 마! 크크크…… 전율의 노랫소리를 떨치자꾸나……."

쥬리와 샤로는 "와~! 노래방이다~!"라며 좋아했다.

살짝 유키나 선배를 봤다……. 아니, 엄청 째려보고 있는데!

"케이타, 왜 솔직하게 대답한 거야? 다 같이 노래방에 가면 내 비밀이 드러나는 것 정도는 상상이 되잖아? 바보. 멍청이. 얼간이."

퍽퍽!

유키나 선배는 내 다리를 강하게 찼다.

으윽, 뭐라 할 말이 없습니다…….

"그럼 넷이서 노래방에 가는 거네요!"

"크크크…… 엄청 기대된다~!"

쥬리와 샤로가 들뜬 모습을 보고 나와 유키나 선배는 거하게 탄식했다.

◆

약속한 일요일이 왔다.

집합 장소인 역 앞으로 가니 이미 모두 모여 있었다. 내가 마지막인 모양이다.

"미안. 오래 기다렸어?"

물어보니 쥬리가 대표로 "나하하. 신경 안 써도 돼요~"라며 웃었다.

"지금 막 다 모인 참임다. 그리고 아직 약속 시간 5분 전이니까요."

쥬리는 원피스에 카디건을 맞춘 심플한 복장이었다. 또한 원피스는 가슴을 강조하도록 만들어져 있었다.

이, 이 가슴 압력은 엄청나다…… 꿀꺽.

"……크크. 케이타 선배, 바로 엉큼하게 보네요."

쥬리는 얼굴을 빨갛게 물들이고 웃으면서 나에게만 들리는 목소리로 그렇게 말했다.

"미, 미안!"

나는 황급히 시선을 돌렸다.

쥬리 녀석, 부끄러워할 거면 놀리지 말라고. 좀 귀엽잖아…… 야, 약간만 말이지?!

"크크크. 다 모인 것 같군…… 자, 영원한 어둠에 잠드는 노래방으로 가자!"

흥분한 샤로가 "빨리 가자~!"라며 쥬리의 옷을 잡아당기며 재촉했다.

샤로는 검은 재킷에 하얀 셔츠, 아래는 청반바지를 입었고, 넥타이나 체인 등의 소품을 착용했다. 역시 중2병. 소년의 마음을 간질이는 록 스타일 패션이다.

유키나 선배를 살짝 봤다. 티셔츠와 검정색을 기조로 한 치마의 조합. 거기에 초록색 뉴스보이캡을 썼다.

유키나 선배는 뾰로통한 얼굴로 날 쩨려보고 있었다.

"유키나 선배. 저기…… 화났나요?"

"딱히 화 안 났어. 하지만 오늘은 처벌하기 최고로 좋은 날이라는 건 전해둘게."

"조용히 화내고 계셔?!"

위험해. 오늘 웃키가 엄청 화났잖아.

그야 그렇겠지. 쥬리랑 샤로랑 같이 놀게 된 건 나 때문이니까……. 유키나 선배한테 미안한 짓을 해버렸네. 나중에 제대로 사과하자.

"자자, 노래방에 갑시다. 사실은 이미 예약해뒀습다."

"오, 쥬리치고는 신기하게도 센스가 좋잖아."

"정말! 케이타 선배는 꼭 쓸데없는 말을 해요!"

"아하하, 미안해."

우리는 즐겁게 대화하면서 목적지로 향했다.

……걷는 동안은 유키나 선배도 웃고 있었지만, 한마디도 안 한 게 마음에 걸렸다.

5분 정도 걸어 노래방에 도착했다. 최근에 막 오픈한 대형 체인점으로, 4층 크기의 건물이다.

접수를 끝낸 우리는 305호실로 들어갔다.

"좋~아, 노래합니다~! 누가 1번 타자임까?"

"진정해. 먼저 음료수 가져와야지."

나는 마이크와 리모컨을 준비하는 쥬리를 제지했다.

"아, 잊고 있었습다. 드링크바로 GO임다, 샤로!"

"샤로라고 하지 마! 크크크, 이 몸은 자극적인 악마의 혈액을 원한다……."

"콜라임까?"

"응! 탄산 너무 좋아~!"

"저도 탄산 좋아함다. 메론소다 마셔야지."

쥬리와 샤로는 떠들면서 방을 나섰다.

뉴스보이캡을 벗은 유키나 선배도 그녀들을 따라 음료수를 가지러 가려고 했다.

나는 그 옆얼굴이 너무 따분해 보여서 말을 걸지 않을 수 없었다.

"저기, 유키나 선배!"

멈춰 세우니 유키나 선배는 뒤돌아서 나를 봤다.

"뭐야?"

"오늘 일은 미안해요. 둘만의 비밀이라고 했는데 저 때문에 쥬리랑 샤로까지 따라와서……. 상황이 이러면 노래는 못 하겠죠."

사과하니 유키나 선배는 질렸다는 듯이 한숨을 쉬었다.

"하아. 이제 됐어. 내가 우울한 건 다른 원인도 있으니까."

"어…… 그, 그런가요?"

"……신경 쓰지 마. 내가 고집을 부렸을 뿐이니까. 좀 들뜨고 말았어."

……들뜨고 말았다?

무슨 뜻일까.

나는 유키나 선배의 기분이 안 좋은 이유를 모른다.

"저기, 유키나 선배——"

"그런 것보다!"

유키나 선배는 뚱한 얼굴을 나에게 가까이 댔다.

"케이타. 너, 아까 쥬리의 가슴만 보고 있었지?"

완벽하게 들켰습니다. 죽고 싶다.

"아, 아니, 그 쥬리의 옷은 뭐랄까……."

"뭐랄까?"

"……남자의 로망이죠. 헤헷."

77

"그래. 처벌 사안이구나. 마침 시험해보고 싶은 기술이 있었는데."

"싫어어어어어! 태권도는 안 돼애애애!"

내 외침도 헛되이 유키나 선배는 발차기 자세에 들어갔ᅳ지만 갑자기 자세를 무너뜨렸다.

발아래를 봤다. 어째서인지 바닥에 있던 물수건 위에 유키나 선배의 축이 되는 다리가 있었다.

"앗…… 꺅!"

쾅당~.

유키나 선배는 힘차게 엉덩방아를 찧었다.

"괘, 괜찮나요! 유키나 선, 배……?!"

유키나 선배의 상태를 보고 말문이 막혔다.

치마를 입은 유키나 선배가…… 다리를 M자로 벌리고 팬티를 보여주고 있어어어어어?!

설마 했던 검은 팬티였다. 팔랑팔랑한 레이스가 달려있어서 어른스러움과 섹시함 속에 귀여움이 있었다. 그야말로 유키나 선배 그 자체를 구현한 듯한 팬티다.

지식이 없는 나라도 알 수 있다. 이건 무조건 승부 속옷이다.

"아야야…… 정말! 왜 물수건이 바닥에 떨어져…… 에에에엑?!"

유키나 선배가 다리를 확 오므렸다.

난 서둘러 시선을 돌렸다.

"케이타! 지금 봤지?!"

"아뇨! 검은 팬티 같은 건 안 봤어요!"

"똑똑히 봤잖아!"

큰일이다. 요즘 나, 실언만 하고 있어.

"하인 주제에 주인을 욕보이다니…… 용서 안 할 거야!"

"어째서?! 지금 건 자멸이잖아요!"

"입 다물어! 죽어!"

유키나 선배는 재빠르게 일어나 수직으로 높이 도약했다. 빠르게 무릎을 굽히고 최고점에 도달한 순간, 나를 향해 찌르듯이 발을 뻗었다.

이, 이건! 태권도 기술, 뛰며 앞차기잖아!

아무래도 이걸 맞으면 사태가 가볍게 끝나지 않을 것이다.

나는 순간적으로 뒤로 물러나려고 했지만——.

"으억!"

발이 엉켜 뒤로 넘어졌다. 난 유키나 선배와 똑같은 자세로 엉덩방아를 찧었다.

"아야야……."

"앗…… 흐, 흥! 꼬시다! 조금은 반성해, 이 팬티 도둑!"

"아니, 안 훔쳤는데?!"

유키나 선배는 내 딴지를 듣지 않고 방에서 나가버렸다.

아직 조금 아픈 엉덩이를 문지르면서 생각했다.

유키나 선배에게 사과한 건 좋지만, 아무래도 상태가 이상했다. 들떴다고 말했는데, 그 쿨한 유키나 선배가 들뜰 정도로 기대한 게 뭘까?

딱 한 가지 확실한 것은 유키나 선배가 즐기고 있지 않다는 사실뿐이다.

"……마음을 다잡고 유키나 선배가 재밌게 놀 수 있도록 힘내볼까!"

역시 좋아하는 사람이 웃어줬으면 한다.

나는 방에서 나와 계단으로 향했다. 드링크바는 한 층 아래에 있으니 엘리베이터를 기다리는 것보다 계단을 내려가는 편이 더 빠르다.

계단 옆까지 오니,

『저질러버렸어…… 또 저질러버렸다고오오오오!』

유키나 선배의 꾸밈없는 목소리가 들려왔다.

이건…… 설마 출장판 부끄러운 독백?

계단을 살짝 엿보니 유키나 선배는 계단에 무릎을 안고 앉아있었다. 머리를 마구마구 헝클어뜨리고 있었다.

『나도 모르게 욱해서 뛰며 앞차기를 해버렸어……. 그게 제대로 얼굴에 맞았으면 지금쯤 케이타의 머리는 날아…… 후우. 그 정도로 끝나서 다행이야.』

잠깐만! 지금 '날아간다'라고 말하려다 말았지?! 그 발차기를 맞았으면, 난 지금쯤 어떻게 되어 있는 거야?!

『하아…… 딱히 비밀이 드러날 것 같아서 화난 게 아닌데. 눈치채라고, 둔탱이.』

어…… 진짜?

그럼 유키나 선배는 왜 화내고 있는 거지?

『내가 화내는 건 케이타랑 둘이서만 하는 데이트가 아니게 돼버렸으니까……. 하지만 그런 건 부끄러워서 말 못 해.』

유키나 선배는 '케이타'라며 내 이름을 사랑스럽게 불렀다.

『……좋아하는 남자가 나만 봐주길 바라는 건 이기적인 걸까?』

유키나 선배는 『케이타, 귀찮은 여자라서 미안해』라며 덧붙이고 무릎에 얼굴을 묻어버렸다.

……살짝 소리쳐도 되나?

유키나 선배 완전 귀엽잖아아아아아아!

둘만의 데이트가 아니게 되어서 삐진 것일 뿐이냐고! 눈치 못 채서 미안해! 그럼 이제 매일 데이트 하자! 응? 그렇게 하자!

이기적인 게 아냐, 유키나 선배……. 아니, 이기적이라도 좋아. 휘둘려도 좋아! 전에도 (뇌내에서) 말했지만, 난 유키나 선배의 미숙한 점도 포함해서 좋아하니까!

──라고 말할 수 있을 리도 없어서 난 마음이 전해지도록 생각했다……. 전해져라, 이 마음!

유키나 선배의 마음은 알았다.

이걸로 할 일은 정해졌군.

"유키나 선배가 '저랑 하고 싶은 것'…… 같이 해요."

난 그 자리에서 조용히 떠나 엘리베이터를 이용해 아래 층으로 향했다.

◆

우리는 각자 음료수를 준비해 305호실로 돌아왔다.

"이번에야말로 곡 입력해요. 누가 먼저 노래할 겁까?"

쥬리가 물어보니 샤로가 조용히 손을 들었다.

"크크크…… 이 몸이 앞장서지. 마계의 선율에 취하는 게 좋을 것이다."

샤로는 리모컨을 쥐고 열중해서 버튼을 삑삑 눌렀다.

이내 곧 실내의 BGM이 사라지고 화면에 곡명이 표시되었다.

제목은 '현실도피 드리머'.

들은 적은 없지만, 곡명은 알고 있다.

"이건…… 분명 '캬와와5'의 곡이었지?"

그렇게 물어보니 샤로는 "응!" 하고 활짝 웃으며 고개를 끄덕였다.

'캬와와5'는 5인조 아이돌 밴드다.

독특한 가사와 화려한 퍼포먼스가 유명하지만, 가장 큰

특징은 장르가 데스메탈이라는 점이다. 격렬한 연주와 그로울링 창법이 귀여운 외모와 갭이 있어서 화제가 되고 있다.

"크크크. 캬와와5에게서는 어둠의 파동이 느껴진다…… 좋구나, 좋아."

"그렇구나. 샤로는 캬와와5를 좋아하는구나?"

"샤로라고 하지 마! 엄청 좋아~!"

샤로는 "영상을 보고 안무 연습도 하고 있어!"라며 기쁜 듯이 자랑했다. 너무 귀엽잖아, 초등학생이냐. 샤로는 의미심장하게 웃으면서 마이크를 잡았다.

곡이 시작되자 샤로는 일어서서 '현실도피 드리머'를 노래하기 시작했다.

『일하기 싫어어어어어어! (그로울링)』

『주휴7일! 주휴7일! 주휴7일로 집을 지켜라! (그로울링)』

『사랑 따위 필요 없다! 돈만 있으면 돼! (그로울링)』

『난 쓰레기다, 그게 어쨌다는 거냐! (그로울링)』

이게 현실도피 드리머…… 이 무슨 끔찍한 가사냐! 집에 있는 어머니가 울고 있다고!

순진무구한 샤로의 입에서 이렇게나 슬픈 말이 튀어나올 줄이야……. 그보다 그로울링 잘하네! 얼마나 특훈을 한 거야!

간주가 시작되자 샤로는 머리를 위아래로 격렬하게 움직였다. 안무라는 게 헤드뱅잉을 말하는 거였냐.

그 뒤에도 샤로는 지옥을 뒤흔드는 듯한 목소리로 노래를 계속했다.

후렴구인 '난 세상을 구하느라 바쁘다! 자 온라인 게임 세상으로 가자!' 부분은 솔직히 좀 멋있다고 생각하고 말았다. 이건 내 불찰이다.

곡이 끝나자 쥬리는 양 손뼉을 짝짝 쳤다.

"오오~! 샤로 대단하다! 그쵸, 유키나 선배?"

"……그렇네. 변태적인 그로울링, 훌륭했어."

유키나 선배는 희미하게 미소 짓고 작게 박수쳤다.

……유키나 선배, 역시 기운이 없네.

문득 평소의 독설이 그리워졌다.

조금만 기다려, 내가 정말 좋아하는 사람.

그때가 오면 반드시 당신을 웃게 만들어 보일 테니까.

"좋~아! 다음은 누가 노래할 겁까? 유키나 선배의 노래도 듣고 싶슴다!"

"아니. 난 사양할게. 모두가 노래하는 걸 보는 게 좋으니까."

"그, 그렇슴까? 그럼 제가 노래하죠."

쥬리는 리모컨을 손에 쥐고 곡을 입력했다.

이렇게 우리는…… 우리 '세 사람'은 순서대로 노래해 나
갔다.

◆

세 사람이 각자 노래를 끝내자 샤로는 텅 빈 잔을 집었다.
"크크크…… 악마의 혈액이 결핍되었구나."
"노래하면 목이 마르지. 드링크바에 갈래?"
"갈래~!"
물어보니 샤로가 힘차게 대답했다.
"아! 그럼 저도 갑니다!"
문득 쥬리의 잔을 봤다. 메론소다는 이제 거의 안 남아
있었다.
좋아. 이건 기회다.
"미안한데, 쥬리. 나 화장실에 갈 건데 내 음료수도 받아
와 줄 수 있어?"
"알겠습다~. 뭐 마실래요?"
"우롱차로."
"나하하~, 취향이 어른스럽네요. 알겠습다. 가자, 샤로!"
"크크크…… 다들, 말을 데려와라! 발할라로 간다!"
두 사람은 신나게 떠들면서 방을 나섰다.
작전 성공이다.

이걸로 유키나 선배와 단둘.

"······케이타? 화장실은 안 가도 돼?"

유키나 선배는 이상하게 여기며 물었다.

나는 고개를 저었다.

"화장실에 간다는 건 거짓말이에요."

"안 가? 그럼, 여기서 할 생각이야? 여자애한테 볼일을 보는 모습을 보여주고 흥분하다니······ 변태의 극치네."

"아크로바틱한 해석하지 말라고! 요의가 없다는 뜻이에요!"

유키나 선배는 "어머, 그런 뜻이구나"라며 웃었다. 분명 일부러 그랬을 것이다.

"그럼 왜 그런 거짓말을 한 거야?"

"유키나 선배랑 둘이서만 있고 싶었기 때문이에요."

그렇게 말하니 유키나 선배는 눈을 휘둥그레 떴다.

"그게 무슨 뜻일까?"

"트래몬의 곡, 같이 안 부를래요? 둘만 있으면 마음껏 부를 수 있잖아요?"

유키나 선배가 노래방을 즐기지 못하는 건 음치라는 게 들키기 때문이 아니다. 나와 단둘이 아니기 때문이다.

나와 단둘이라면 유키나 선배는 즐겁게 노래할 수 있다······ 난 그렇게 생각했다.

그렇다면 내가 할 일은 단 하나.

쥬리와 샤로가 없는 시간을 만들어 그 틈에 유키나 선배의 소원을 이루어주는 것이다.

"케이타⋯⋯."

"안 되나요? 저, 유키나 선배랑 같이 노래 부르는 걸 기대하고 있었어요."

웃으면서 그렇게 말하니 유키나 선배는 입술을 삐죽 내밀었다.

"어쩔 수 없네. 채찍질만 하는 게 아니라 당근을 주는 것도 주인의 책무지."

그리고 정말 작은 목소리로 한마디.

"역시 케이타는 다정해⋯⋯ 후훗."

유키나 선배는 눈을 가늘게 뜨고 웃었다. 평소의 쿨한 표정이 아니다. 나밖에 모르는 순진하고 귀여운 웃음이다.

저기. 유키나 선배.

⋯⋯살짝 얘기해도 될까?

그 웃는 얼굴도 예쁘지만, 당신의 매력은 그뿐만이 아니에요.

쿨한 얼굴도, 나를 매도하는 사디스틱한 웃음도, 삐졌을 때의 아이 같은 얼굴도, 믿음직한 누나 같은 표정도, 부끄러운 듯이 볼을 붉히는 옆모습도.

전부 정말 좋아해요.

지금 제가 가장 지키고 싶은 것이에요.

그러니 고민하고 있을 때는 신호를 주세요. 바로 도우러 갈게요.

저를 신경 쓸 필요는 없어요.

심술쟁이 유키나 선배에게 휘둘리는 나날은 저에게 행복한 시간이니까요.

──라고 이야기할 용기는 나에게는 없다. 겁쟁이라 미안해요.

난 유키나 선배에게 마이크를 살짝 건넸다.

"유키나 선배, 무슨 곡으로 할래요?"

"……'연애 편차치 밑바닥 걸'."

"오오! 트래몬의 데뷔곡인가요!"

유키나 선배는 "난 이 곡을 듣고 트래몬에 빠졌어"라고 말하며 미소 지었다.

'연애 편차치 밑바닥 걸'은 좋아하는 남자애 앞에서는 솔직해지지 못하고 차가운 태도로 대하고 마는 미숙한 소녀의 연심을 노래한 곡이다.

……분명 가사에 나오는 여자아이와 공감하는 부분이 있겠지.

"케이타. 왜 웃는 거야?"

"후훗. 아무것도 아니에요."

"뭐야. 하인 주제에 건방져."

"아하하…… 참, 느긋하게 있을 순 없어요. 쥬리와 샤로가 돌아오기 전에 빨리 곡을 입력하죠."

"응. 그렇네."

난 리모컨을 조작해 '연애 펀치카 밑바닥 걸' 곡을 입력했다.

"있잖아, 케이타. 이 곡은 내가 부르게 해주면 안 될까?"

"네? 하지만 듀엣은……."

"모처럼 권유해줬는데 미안하지만…… 이 곡을 케이타가 들어줬으면 해."

"제가, 말인가요?"

"그러니까 혼자 부르게 해줬으면 좋겠어. 안 될까?"

"……알았어요. 그럼 듀엣은 시간이 있으면."

"그래. 고마워."

유키나 선배는 불안한 듯이 미소 지었다. 마이크를 든 손은 약간 떨리는 것처럼 보였다.

긴장한 이유는 다른 사람 앞에서 잘 못 부르는 노래를 불러서?

아니면 날 위해서 노래해서?

잘 모르겠지만 한 번은 OK한 듀엣을 거절한 것이다. 나름의 이유와 생각이 있어서 솔로로 노래하기로 했을 것이다. 긴장하는 것도 이해가 될 것 같다.

BGM이 사라지고 곡이 시작되었다.

이 악곡은 질주감이 느껴지는 베이스라인부터 시작된다.

뮤트 상태의 현을 울려 생겨나는 희미한 소리—— 고스트 노트가 듣기 좋았다. 튀어 오르는 듯한 선율은 마치 저음의 행진곡. 연애가 서투른 여자아이가 불안을 떨쳐나가는 상쾌한 멜로디.

유키나 선배는 긴장한 얼굴로 입술에 마이크를 가까이 댔다.

인트로가 끝나고 멜로디가 표정을 바꾸었다.

솔직해지지 못할 뿐이야 무슨 불만 있어?
알겠어? 빨리 내 마음을 알아차려

넌 겁쟁이구나 난 엄청 화났어
'좋아한다'는 사인을 놓치지 마 난 '빈틈'투성이니까

1절이 끝나고 다시 음이 바뀐다. 장난감 상자를 쏟아놓은 것처럼 활기차고 즐거운 멜로디.

가사도 좋다. 미숙한 소녀의 마음이 응축되어 있다. 난 보기만큼 강하지 않아. 날 좀 더 신경 써줘. 심술궂은 마음의 소리는 실내에 쌓여가.

유키나 선배는 예상했던 것보다 훨씬 노래를 못 불렀다. 음정은 금방 어긋났고 리듬을 전혀 못 탔다.

하지만 난 유키나 선배에게서 눈을 돌릴 수 없었다. 그

진지한 눈빛과 감정을 실은 노랫소리가 내 마음을 붙잡고 놓아주지 않았다.

유키나 선배는 말했다. 내가 이 곡을 들어줬으면 한다고.

분명 이 가사는 유키나 선배의 마음 그 자체. 나에게 보내는 메시지라고 받아들이는 건 조금 자기중심적인 해석일까.

브릿지가 끝나고 후렴이 나온다.

제멋대로인 걸까 싫어졌어?
용서해줘 난 심술쟁이니까

제멋대로라도 좋아? 시야에 들어왔어
너의 아름다운 옆모습 한눈에 반했으니까

제멋대로인 게 아냐 알아차려 줬으면 해
찾아내 줘 세상에서 가장 순수한 이 마음

제멋대로잖아 키스해줬으면 할 뿐!
심술을 부리는 건 『사랑』의 표현

아아 솔직하게 좋아한다고 말할 수 없어! HEY!

유키나 선배의 혼신의 샤우팅으로 곡은 끝났다.

이게 트래몬의 곡이라는 건 알고 있다.

하지만 내 귀에는 유키나 선배의 마음의 소리밖에 들리지 않았다.

시간이 약간 지난 뒤, 유키나 선배는 뒤돌아봤다.

"……노래, 못하지?"

유키나 선배는 대답을 무서워하는 듯한 표정으로 나에게 물었다.

나는 안심시켜주고 싶어서 웃으며 말해줬다.

"서투름의 극치였어요. 완전히 음치의 표본이에요."

"그렇게까지 말하는 거야?!"

"하지만…… 저, 열중해서 들었어요. 유키나 선배의 마음이 담겨있어서 와닿았다고 해야 할까. 감상적이고, 힘차고, 그러면서 여자아이다운 느낌도 있어서…… 아하하. 제대로 정리 못 해서 미안해요."

"아냐, 괜찮아…… 아까도 말했지만, 이 노래는 케이타에게 들려주고 싶었어."

왜 이 곡을 나에게?

그런 눈치 없는 질문을 하지 않아도 알고 있다.

유키나 선배는 심술쟁이라서 이렇게 마음을 에둘러서 전할 수밖에 없는 것이다.

그 서투른 모습이 사랑스러워서 난 유키나 선배가 더더

욱 좋아졌다.

"유키나 선배."

부끄럼쟁이인 유키나 선배가 마음을 제대로 전해줬다.

말해야 한다.

당신의 마음을 알아차리고 있어요, 라고.

나도 유키나 선배가 좋아요, 라고.

"케이타……?"

유키나 선배는 볼을 빨갛게 물들이고 기대하듯이 내 눈 동자를 바라봤다.

난 천천히 입술을 움직였다.

"저, 유키나 선배를——!"

철컥!

방문이 큰 소리를 내며 열렸다.

"다녀왔슴다~!"

쥬리가 웃는 얼굴로 방에 들어왔다.

쥬리이이이이…… 또 너냐아아아아아!

이걸로 몇 번째야?! 아무리 봐도 일부러잖아!

이번에야말로 유키나 선배에게 고백할 생각이었는 데…… 또 다음으로 미뤄야 하냐고!

"크크크. 악마의 혈액에 여신의 눈물을 블렌드했다……."

잠시 뒤에 샤로도 돌아왔다. 아마 콜라에 오렌지 주스를 섞었을 것이다.

평소라면 샤로를 귀여워했겠지만 그럴 기력조차 없었다.

낙담하고 있으니 유키나 선배가 내 귓가에 입술을 가까이 댔다.

뜨뜻미지근한 숨과 함께 사디스틱한 목소리가 귀를 간질였다.

"……앞으로도 제멋대로인 나랑 같이 있어야 한다? 약속해줘…… 나의 하인."

유키나 선배는 나에게만 들리도록 그렇게 말하고 나에게서 떨어졌다.

유키나 선배의 얼굴은 저녁놀이 지는 하늘처럼 빨갛게 물들어 있었다.

……살짝 소리쳐도 되나?

유키나 선배 완전 귀엽잖아아아아아아!

솔직하지도 않고! 독설도 날리고! 부끄러운 걸 숨기려고 굳이기랑 발기술로 공격해오고! 자신의 의견은 좀처럼 굽히지 않는 고집쟁이고! 말씀하시는 대로 정말 제멋대로야!

하지만!

난!

그런 유키나 선배에게 반했데에에에에에에이!

──라고 외치면 얼마나 편해질 수 있을까.

"하아……."

난 크게 한숨을 쉬었다.

좋아하는 사람에게 마음을 전하는 게 이렇게 어려운 일일 줄은 몰랐다……. 그렇다기보다는 중요한 타이밍에 방해가 너무 많이 들어온다. 뭐지? 나, 러브코미디의 신에게 미움받는 건가?

쥬리는 내 눈앞에 컵을 놓았다.

"자, 케이타 선배. 우롱차입니다."

"응…… 고마워."

"어라? 기운이 없네요. 무슨 일 있어요?"

너 때문이라고! 내 사랑을 방해하는 악마 녀석! 적당히 하라고, 이 데빌 찌찌가!

큭…… 이젠 못 참아!

"야, 쥬리. 지금 뭐라고 했냐?"

"예? 아니, 기운이 없다고…….'"

"기운이 없다고……? 바보 같은 소리 하네! 기운이 팔팔 넘친다고!"

쌓이고 쌓인 이 불만, 노래방에서 발산해주겠어! 핫하~!

난 리모컨을 쥐고 연속으로 트래몬의 곡을 입력했다.

"오옷! 케이타 선배가 진심 모드가 됐습니다!"

"크크크…… 역시 이 몸의 권속. 아무래도 서드 아이가 개안한 모양이구나."

쥬리와 샤로는 꺅꺅거리며 떠들었다. 아니, 나한테 서드 아이라는 건 없다고. 있다고 한다면 사디 사랑 정도야. 유키나 선배, 내일부터 더 강한 걸 부탁드립니다!

난 마이크를 고쳐 잡았다.

『얘들아! 오늘은 내 라이브에 와줘서 고마워!』

분위기를 탄 내 MC에 호응하듯이 쥬리와 샤로가 "후우우우우~!" 하고 소리를 질렀다. 유키나 선배는 기가 막힌다는 표정을 짓고 있었지만, 곧 쿡쿡 하고 웃었다.

『바로 간다! 첫 곡은 '이건 톳인가요? 아니요, 톱입니다'다!』

이후 엄청나게 노래했다.

노래할 때 유키나 선배가 작게 추임새를 넣어준 것은 나만 알고 있다.

◆

노래방에서 논 다음 날의 일이다.

학교에서 집으로 돌아오니 언제나처럼 교복을 입은 유키나 선배가 방에 있었다.

선배는 침대 위에 걸터앉아 문고본을 읽고 있었다. 완전히 눈에 익은 광경이다.

"다녀왔습니다, 유키나 선배."

인사하니 유키나 선배는 책에 책갈피를 끼우고 침대 위에 놓았다.

"어서 와, 하인."

유키나 선배는 나를 빤히 바라봤다.

뭐, 뭐지? 나 또 뭔가 저지른 건가?

"유키나 선배. 제 얼굴에 뭐 붙었나요?"

"얼굴에는 안 붙어있지만, 케이타의 어깨에 소복을 입은 젊은 여자의 팔이……."

"붙어있다는 게 그쪽이야?!"

설마 하던 고스트냐! 냉정하게 지적할 상황이냐고!

"농담이야. 아무것도 안 붙었어."

"노, 놀라게 하지 마세요……."

"그보다 나한테 뭐 할 말 있지 않아?"

유키나 선배는 나를 지그시 째려봤다.

할 말이라면…… 아마 그거겠지.

"유키나 선배. 그, 어제 노래방 일은 미안해요."

결국 유키나 선배는 그 한 곡밖에 안 불렀다. 아니, 못 불렀다고 해야 하나. 음치인 게 들통나니, 줄곧 모두의 노래를 들었다.

"알고 있으면 얘기가 빠르지."

유키나 선배는 다리를 꼬고 나를 척 가리켰다.

"오늘 하루, 내 노예가 되어줘야겠어. 그걸로 봐줄게."

"노예라니…… 하인이랑 뭐가 다르죠?"

"내 명령에 따르는 거야. 말해두겠지만 노예에게 거부권은 없어."

그건 평소랑 똑같지 않나?

──라고 말하면 유키나 선배의 기분이 상할 것이다. 지금은 조용히 말을 듣자.

"알았어요. 오늘은 유키나 선배의 노예가 될게요."

"이해력이 좋은 노예구나. 칭찬해줄게."

유키나 선배는 자신의 어깨를 톡톡 두드렸다.

"노예, 어깨를 주물러."

"네? 어깨를 주무르는 건가요?"

나는 틀림없이 '줄 없이 번지점프 해'나 '오늘부터 한 달 동안 간장만 먹어야 해'와 같은 불합리한 명령을 할 줄 알았다. 그런 것과 비교하면 어깨 안마 따위는 식은 죽 먹기다.

"실례합니다."

난 유키나 선배의 뒤에 앉아 양어깨에 손을 댔다.

그러고 보니 여자의 어깨를 주무르는 건 처음이네.

……이런. 좀 긴장되기 시작했다.

"뭐 하는 거야? 빨리 날 기분 좋게 해줘야지?"

"기, 기분 좋게 말인가요?!"

진정해라, 나. 어깨의 근육을 풀어 기분 좋게 만들라는 뜻이다. 절대로 망측한 마사지를 하라는 뜻이 아니다.

부정한 생각을 떨쳐내고 어깨를 주물렀다.

유키나 선배의 어깨는 상상 이상으로 딱딱했다. 좀 더 힘을 주지 않으면 근육이 풀리지 않을 것이다.

나는 엄지에 힘을 꾹 주었다.

"응…… 갑자기 세졌어……!"

유키나 선배가 몸을 살짝 비틀었다.

"미, 미안해요. 약하게 할게요."

"아냐, 지금 정도가 좋아. 더 해줘."

유키나 선배의 기분 좋은 듯한 달콤한 목소리에 내 심박
수는 뛰어올랐다.

"가, 갑니다!"

주물주물.

탱글탱글.

"앗, 앗."

"유키나 선배. 여기가 좋은 거군요?"

"응…… 좋아…… 엄청, 좋아…… 케이타, 좀 더 해줘."

아니, 너무 야해!

어깨를 주무르고 있을 뿐인데 그렇게 야한 목소리를 내
다니! 얘는 참!

정말이지…… 유키나는 엉큼한 아이야.

이거 처벌할 필요가 있겠네.

기세를 탄 나는 어깨 안마를 계속했다.

"자, 유키나 선배. 여기가 좋은 거죠?"

"앗…… 어떻게 나의 약한 곳을……!"

움찔움찔!

유키나 선배의 몸이 활처럼 휘었다.

"좀 더 해줬으면 좋겠나요?"

"싫어…… 그렇게 세게 하면, 나, 이상해져……."

"호오. 어떻게 되는지 궁금한데요."

"케, 케이타. 그만해, 조금 세…… 아파."

"안 들리는데요? 어떻게 해줬으면 하는지 똑바로 말해 주세요!"

"아니, 그러니까 아프다니깐……."

"자! 그 건방진 입으로! 자아!"

"아프니까 그만하라고 했잖아! 이 말 안 듣는 돼지야!"

"커흑!"

유키나 선배의 팔꿈치가 내 명치에 파고들었다.

"힘 조절도 할 줄 몰라? 정말 쓸모없는 노예네."

"죄, 죄송합니다. 너무 까불었습니다……."

"흥. 됐어. 한 번 더 기회를 주지."

유키나 선배는 그렇게 말하고 침대 위에 엎드렸다.

"다음은 내 다리를 마사지해."

"그, 그래도 되나요?!"

난 유키나 선배의 다리에 시선을 떨궜다.

교복 치마에서 뻗어 나온 하얀 다리. 부드러워 보이는 허벅지. 니삭스에 감싸인 종아리. 나를 유혹하듯이 꿈틀거리는 발가락. 이걸 전부 무료로 마음껏 만질 수 있다고?!

"케이타. 이번엔 제대로 내 기분을 좋게 만들어야 한다?"

유키나 선배의 그 한마디가 내 의욕 스위치를 올렸다.

"네, 주인님! 기꺼이이이이!"

흐헤헤…… 유키나 선배, 좋은 거 하자……!

나는 콧김을 거칠게 뿜으며 손가락을 촉수처럼 꿈틀꿈틀 움직였다.

다시 누워있는 유키나 선배의 다리를 봤다.

참고로 난 유키나 선배의 바로 뒤에 있다.

응…… 이 앵글 위험하지 않아?

발끝에서 허벅지에 걸쳐서 윤곽을 따라 그리듯이 시선을 움직였다. 적절하게 탄탄한 건강하고 아름다운 다리다.

그리고 그 끝에는 매혹의 스커트가…… 큭! 보일 듯하면서 보이지 않아!

"왜 그래? 케이타…… 빨리해."

그렇게 응석 부리는 목소리로 해달라는 말을 들으면 할 수밖에 없다.

그런고로…… 케이타, 갑니다아아아아!

"유키나 선배, 실례합니다!"

난 우선 발바닥에 손을 뻗었다.

발바닥의 오목한 부분과 발가락 관절 근처를 엄지로 꾹 눌렀다.

"응…… 좋아, 케이타."

"여기가 좋은 거군요?"

"거기…… 좀 더 해줘……?"

어디까지나 손가락으로 발의 혈 자리를 자극한다는 뜻이다.

하지만 침대 위에서 아기 고양이처럼 응석을 부리면 그런 뜻으로밖에 안 들린다. 어쩔 수 없잖아. 사춘기인걸.

난 뒤에서 유키나 선배를 팍팍 자극했다. (※발 지압 이야기입니다)

꾸욱꾸욱.

말랑말랑.

"하아아아앗…… 극락이네, 극락이야."

"더 갑니다! 하앗, 하압……!"

"분위기가 무서운데…… 발바닥은 이제 됐어. 다음은 종아리를 주물러."

"주문 접수했습니다!"

난 발바닥에서 뒤꿈치, 그리고 아킬레스건을 타고 뻗어나가듯이 손을 미끄러뜨렸다. 마치 니삭스에 감싸인 다리를 손끝으로 핥듯이.

손이 종아리에 도달했다.

난 부드럽게 어루만져 유키나 선배를 자극했다. (※종아리 이야기입니다)

"저, 저기, 케이타? 마사지 제대로 해주지 않을래?"

"자자. 너무 그렇게 재촉하지 마세요. 흐헤헤."

"웃는 게 놀라울 정도로 기분 나빠……. 뭐, 됐어. 빨리 해."

유키나 선배의 요망대로 종아리를 주물렀다.

주물주물.

말랑말랑.

"응…… 케이타, 정말 잘해. 착한 아이구나."

"이런 건 어떤가요?"

"응…… 더 해줘."

"이건?! 이런 마사지는 어떤가요?!"

"앗, 앗, 굉장해……. 혈액순환이 잘 되기 시작한 걸까. 왠지 몸속이 타오르는 것처럼 뜨거워."

유키나 선배의 요염한 목소리가 나의 엉큼한 마음에 불을 붙였다.

"다, 다음은 허벅지인가요!"

내가 그렇게 말하자 유키나 선배는 몸을 움찔 떨고 어깨 너머로 날 봤다.

"케이타. 아무리 그래도 거긴 됐어."

"사양하지 마세요! 해는 안 끼칠 테니까요! 후욱, 후욱!"

"자, 잠깐 케이타! 얼굴이 변태의 얼굴인데?!"

"무슨 소린가요 에로! 기분 탓이에요 에로! 평소의 저예요 에로!"

"어미가 에로가 된 것도 기분 탓일까?!"

"유키나 선배의 허벅지이…… 실례합니다아아아아!"

"싫어어어어어! 내 몸에 손대지 마, 이 변태!"

유키나 선배는 몸을 뒤집어 위를 보고 누웠다. 발을 재빠르게 들어 내 오른팔을 빠르게 당겼다.

그 직후, 유키나 선배의 오금이 내 목에 딱 밀착되었다.

이, 이건…… 유키나 선배가 나에게 처음 건 추억의 굳히기, 삼각조르기다!

그때와 다른 점은 유키나 선배가 진심이라는 것.

"참회해, 하인! 이번에는! 특히!"

우득우득우득!

"컥…… 흑……!"

핏기가 싹 가시고 의식이 멀어지는 감각이 엄습했다.

이건 진짜다! 기절하는 감각이다!

내가 황급히 허벅지를 탭하니 유키나 선배는 나를 놓아줬다.

"하아, 하아…… 주, 죽는 줄 알았네……."

"케, 케이타가 나쁜 거야! 명령 안 했는데 허벅지를 만지려고 하니까!"

지당하십니다. 이번에는 너무 까불었습니다. 정말 죄송합니다.

"요즘 케이타는 너무 변태 같은 구석이 있어."

"죄송합니다……."

"정말이지…… 도가 지나친데, 이 방에도 오지 말까?"

"에엑?!"

그, 그럴 수가……! 유키나 선배가 없는 방은 휴일 없는 일주일과 똑같을 정도로 지옥이다.

유키나 선배. 이제 방에 안 오는 건가요?

저한테 신경 안 써주는 건가요?

시무룩해 있으니 유키나 선배는 만족스럽게 웃었다.

"……후훗. 농담이야."

"네? 농담…… 인가요?"

되물어보니 유키나 선배는 살짝 끄덕였다.

다, 다행이다……. 완전히 밉보인 줄 알았어.

"난 내 방에 돌아갈게. 그럼 안녕."

유키나 선배는 그렇게 말하고 방을 나섰다.

그건 그렇고…… 유키나 선배는 왜 그런 농담을 한 걸까. 뭔가 뜻이 있겠지만, 난 전혀 모르겠다.

『저질러버렸어…… 또 저질러버렸다고오오오오!』

부끄부끄 유키나의 귀여운 외침이 벽 너머로 들려왔다.

『또 삼각조르기를 걸어버렸어……! 케, 케이타가 나쁜 거야! 허벅지까지 주무르려고 하니까!』

미안해요, 유키나 선배. 그때의 전 어떻게 되어 있었어요. 반성하고 있어요.

『하지만 마지막엔 내 작전대로였어. 에헤헤.』

……작전?

무슨 이야기일까.

혹시 아까 전의 농담과 어떤 관계가?

『내가 '방에 오지 말까'라고 말했을 때, 케이타 풀이 죽었어. 바로 '농담이야' 하고 가르쳐주니까 엄청 기쁜 표정 짓고…… 에헤헤. 케이타를 놀리는 작전, 대성공!』

뭐, 뭐라고?

그럼 뭐지? 유키나 선배는 휘둘리는 날 보고 싶어서 그런 농담을 한 건가?

『케이타의 풀 죽은 얼굴, 귀여웠어. 안심한 얼굴은 더 귀여웠어. 꼬옥~ 안아주고 싶어졌어……. 에헤헤, 다음에 또 놀려야지.』

유키나 선배는 신난 목소리로 그렇게 말했다.

……살짝 소리쳐도 되나?

유키나 선배 완전 귀엽잖아아아아아아!

내가 시무룩해 있는 얼굴이 귀엽다니, 역시 진성S잖아! 하지만 그 점이 좋아! 날 좀 더 놀려줘!

그리고! 그렇게 사랑스러우면 꼬옥~ 하고 안아줘도 되니까! 좀 더 경솔하게 허그 하자고!

너무 조바심 나게 만들면…… 내가 안아버린다? (※꽃미남 목소리)

──라고 외칠 용기가 있으면 이미 사귀고 있을 거라고!

『케이타, 내가 방에 안 오면 쓸쓸하구나……. 안심해, 매일 갈 테니까!』

유키나 선배는 『에헤헤. 기뻐』라며 아이 같은 목소리로 웃었다.

이래서 유키나 선배는 미워할 수 없다.

"유키나 선배…… 차라리 저랑 같이 살…… 아니. 아무것도 아니에요."

응. 오늘은 너무 까불었으니까 자중하자.

난 유키나 선배의 벽 너머 호감 표현의 존엄함을 곱씹으며 침대 위에서 몸부림쳤다.

【유키나 선배는 연애점을 신경 써】

집에 돌아오니 방에서 유키나 선배와 샤로가 사이좋게 담소를 나누고 있었다. 둘 다 교복 차림이었다.

"다녀왔습니다."

인사하니 유키나 선배는 "어서 와" 하고 무뚝뚝하게 대답했다. 항상 하는 부끄러움을 숨기는 행동이다.

"둘이서 무슨 얘기를 하고 있었어요?"

"케이타를 여장시키면 어떤 옷이 어울릴지 신나게 얘기하고 있었어."

"안 할 건데?!"

"내가 생각하는 케이코는 치마가 어울려."

"누가 케이코냐!"

내가 장난감이 되는 미래 말고는 상상이 안 되는데요.

"농담이야. 샤로가 다니는 학교의 문화제 이야기를 하고 있었어."

그런가. 슬슬 문화제의 계절이다. 우리 반도 이번 주 안에 무엇을 할지 정한다고 했었지.

"흐음. 샤로는 뭐해?"

"샤로라고 하지 마! 크크크…… 이 몸은 문화제에서 점술의 마녀 역할을 맡은 것이다."

점술의 마녀라니…… 반에서 점집이라도 하는 건가?

"샤로, 점칠 수 있구나?"

"크크크…… 이 몸의 마력을 해방하면 미래 예지 따위는 애들 장난이나 마찬가지. 그렇지, 케이타도 점을 봐주지."

"정말? 부탁드립니다, 샤로 선생님."

"서, 선생님……! 응, 맡겨둬~!"

선생님이라 불려 기분이 좋아진 샤로는 순진하게 웃었다. 초등학교 2학년인가?

"샤로, 설정은?"

"아…… 크크크. 권속이여, 무엇을 점치고 싶더냐? 학업이나 금전운 등 여러 가지가 있다만."

"음……."

가장 정석적이지만 내가 지금 가장 점치고 싶은 것은 당연히——.

"연애로 해."

내가 말하기 전에 옆에서 유키나 선배가 끼어들었다.

유키나 선배…… 설마 우리의 궁합을 신경 쓰는 건가?!

평소에도 연애점을 보고 일희일비하고 있을지도……! 크으~, 너무 귀여워! 그런 거 신경 안 써도 우리는 러브러브 하니까 괜찮다니깐!

유키나 선배는 기대하는 얼굴로 "케이타, 빨리 점을 봐"라며 날 재촉했다.

이렇게 기뻐 보이는 유키나 선배도 보기 드물다.

이럴 때 놀리면 금방 부끄러워하는 게 우리의 웃키다.

"흠~. 왜 유키나 선배가 제 연애를 신경 쓰는 거죠?"

"그건…… 따, 딱히 케이타의 연애에는 관심 없는데? 단지 하인에게 나쁜 여자가 접근해서 채가면 곤란하니까 물어봤을 뿐이야."

"그 말은 즉, 제가 다른 애랑 사귀면 싫다는 뜻인가요……!"

"아, 아니야! 그런 말 안 했어!"

유키나 선배는 얼굴을 새빨갛게 물들이고 "억측도 적당히 안 하면 찢어버린다?"라고 하며 나를 째려봤다. 뭐야, 이 귀여운 사람은. 부끄럼픽 금메달리스트냐.

너무 심하게 놀리면 부끄러운 걸 숨기려고 굳히기를 건다. 이 이상은 하지 말자.

"그럼 연애점을 쳐볼까. 샤로, 잘 부탁해."

"샤로라고 하지 마! 크크크, 간단한 일이지."

샤로는 가방에서 수정구슬과 금색 받침대를 꺼내 테이블 위에 놓았다.

"오~! 꽤나 본격적이네."

"크크크…… 텔레비전으로부터 소환했다. 한밤중에 상당히 좋은 가격으로 소개를 받았죠."

"홈쇼핑으로 샀구나……."

사안왕, 설마 하던 홈쇼핑 방송의 시청자였다. 밤늦게까지 깨어 있는 것도 적당히 해야 한다?

"그럼 시작하지. 천리안을 하사받은 이 몸의 점술, 잘 보아라."

샤로는 수정구슬에 양손을 올렸다.

그 표정은 진지 그 자체. 긴장감이 이쪽에도 전해져 와서 나도 모르게 숨을 죽였다.

살짝 옆을 봤다. 유키나 선배도 굳은 표정으로 샤로를 지켜보고 있었다.

잠시 뒤, 샤로가 천천히 무거운 입을 열었다.

"흠. 권속을 연모하는 여성이 보이는구나……."

"어?! 그건 누구──"

"누구야?! 어떤 애야?! 샤로, 자세히 가르쳐줘!"

유키나 선배는 내 말을 가로막고 달려들었다. 눈을 크게 뜨고 있어서 좀 무섭다.

샤로는 가만히 수정구슬을 보면서 대답했다.

"보인다…… 얼굴은 잘 안 보이지만 젊은 여성이다. 길고 윤기 있는 고상한 흑발. 날씬하고 아름답지만, 부드러운 근육도 있다. 아마도 격투기…… 이건 감이지만 유도의 달인일지도 모르겠군. 그리고 그녀의 몸을 감싼 보랏빛과 분홍빛 오라. 각각 '독'과 '달콤한 사랑'을 시사하고 있어. 이건 심술궂은 성격을 나타낸다고 봐도 되겠지…… 이상, 사안왕 프로파일링이었습니다."

"사안왕 프로파일링의 정보량이 굉장해!"

그거 완전히 유키나 선배잖아. 샤로에게 이런 재능이 있다니 놀랍다.

"저기, 유키나 선배. 이건 혹시……."

"흐, 흠~. 모르는 애네."

유키나 선배는 얼굴을 빨갛게 물들이고 고개를 돌렸다. 아니, 너라고. 단념해.

"이 여성은 권속에게 홀딱 반한 것 같군. 밤마다 권속을 생각하면서 잠자리에 들고 있어."

"난 그렇지 않다고 생각하는데."

"응? 어째서 생판 남인 유키나가 아는 거지?"

"그, 그건…… 진성S의 감이야."

유키나 선배는 "연애 이야기 같은 걸 물어보는 게 아니었는데"라며 작게 투덜거리고 머리를 싸맸다.

후훗. 유키나 선배, 밤마다 내 생각을 해주는구나……. 정말~! 옆방에 있다고?! 잠 못 드는 밤에는 이 방으로 오라고~!

히죽거리고 있으니 말 많던 샤로의 표정이 갑자기 안 좋아졌다.

"음…… 하지만 이 사랑은 성취될지 안 될지 미묘하군."

"어째서야! 제대로 설명해!"

유키나 선배는 샤로에게 달려들었다.

"아까도 말했지만, 이 여성은 심술쟁이. 그렇기에 솔직하게 자신의 마음을 전할 수 없지. 사랑이 이루어지는 건 지극히 어려울 것이다."

"그, 그럴 수가……."

유키나 선배는 어깨를 축 늘어뜨렸다.

"유키나 선배. 그렇게 낙담하지 않아도……."

"……후후후. 누군지 모르겠지만 비참한 여자네. 실컷 비웃으라고."

유키나 선배는 묵직한 부정적인 오라를 뿜으며 무릎을 안은 상태로 앉아 풀이 죽었다. 큰일이다. 점괘를 엄청 신경 쓰고 있어.

아까 전까지 기뻐하는 것 같았는데, 좀 불쌍할지도.

좋아, 지금은 내가 나설 차례군.

"저기, 샤로. 점이 반드시 맞는 건 아니지?"

"샤로라고 하지 마! 음. 옛날부터 점괘는 '맞을 수도 있고 안 맞을 수도 있다'라고 하지. 그러나 점괘를 믿고 행동하여 미래를 바꾸는 것은 가능하다."

"그렇대요. 꼭 나쁜 결과인 것도 아니래요, 유키나 선배."

"그, 그렇구나……."

유키나 선배는 안도한 표정으로 후우 하고 한숨을 쉬었다.

그 아이처럼 웃는 얼굴을 보고 가슴이 쿵 하고 크게 뛰었다.

점괘에 매달리기도 하고, 낙담하기도 하고, 안심하기도 하고. 획획 바뀌는 유키나 선배의 표정을 보고 또 놀리고 싶어졌다.

"이 사람은 분명 부끄럼쟁이에 예쁘겠지~."

유키나 선배를 살짝 보니 뭔가 말하고 싶은 것처럼 입을 뻐끔거렸다. 그 이마는 삶은 문어처럼 빨갰다.

"유키나 선배, 얼굴이 새빨간데요?"

"아, 아니야!"

유키나 선배는 "주인을 놀리는 건 탐탁지 않네"라고 말하고 나를 찼다.

"점괘를 신경 쓰는 유키나 선배…… 후훗."

"뭘 웃는 거야! 정말! 케이타 같은 건 몰라!"

유키나 선배는 고개를 홱 돌리고 입을 우물우물 움직였다. 뭔가 중얼거리고 있다.

"점 같은 건 안 믿어……. 무조건 궁합 좋을 거라고, 우린."

유키나 선배는 복어처럼 볼을 부풀리고 토라졌다.

……살짝 소리쳐도 되나?

유키나 선배 완전 귀엽잖아아아아아아!

뭐야 그 아이 같은 표정! 엄청 귀엽잖아! 볼 말랑말랑 만지게 해줘어어어어!

점괘 같은 건 신경 쓰지 말라고! 나랑 유키나 선배는 반드시 궁합이 좋을 거니까! 왜냐하면 매일 봐도 안 질리고 앞으로도 매일 만나고 싶다는 생각이 드는걸! 그렇죠? 우린 러브러브해, 틀림없어!

……그리고 마지막으로 딴지 걸어도 될까?

계속 놀리면 벽 없이도 부끄러워하는 거냐!

——라고 말하면 목숨이 위험하니 말하지 말자.

평소엔 진성S지만 유키나 선배에게는 이런 귀여운 면이 있다.

이래서 유키나 선배는 미워할 수 없다——.

"케이타, 주인을 욕보인 벌로 오늘 하루 죽을 만큼 신난 상태로 지내."

정정. 가끔 터무니없는 것을 시킬 때는 조금 밉다.

"에~. 싫어요. 힘들잖아요."

"말대답하지 마!"

"아얏! 잠깐, 허벅지 안쪽 때리는 거 금지!"

"알았어. 그럼 세게 밟을게!"

"절대 하지 마요! 알았어요. 하면 되잖아요……. 후우우우우~! 좋으오오아, 샤로! 다음은 내 학업운을 봐줄래~?!"

"어? 으, 음. 가능한데……."

"어라라~? 왠지 기운이 없는데~? 문화제도 얼마 안 남았으니까 좀 더 신나게 하자! 빰빰빠아~암!!"

"흐에엑…… 케이타가 망가졌어."

난 당황한 샤로를 아랑곳하지 않고 계속 분위기를 띄웠다.

【프린세스 아스카】

"그럼 문화제 때 무엇을 할지 정하고자 합니다. 의견이 있는 사람은 거수해주십시오."

칠판 앞에 선 학급위원이 그렇게 말하자 반 친구들은 일제히 손을 들었다. "코스프레 카페!", "크레이프 가게 하자!", "음식점 외에는 뭐 있어?", "유령의 집 같은 거 재밌을 것 같지 않냐?" 등, 다양한 의견이 교실에서 난무했다.

지금은 홈룸 시간이다. 이 시간을 이용해 우리 반이 무엇을 할지 정하게 되어 있다.

여러 안이 다 나왔을 때, '트러블 태풍' 마키 코미미가 "저요!"라며 힘차게 손을 들었다. 솔직히 안 좋은 예감밖에 안 들었다.

"코미미, 말해."

"나, 연극하고 싶어!"

코미미는 눈을 반짝이며 말했다.

코미미가 연극을 제안한 것은 그녀가 연극부에 소속되어 있기 때문이다. 부에서는 각본과 연기 지도를 담당하고 있다고 한다.

"연극…… 혹시 코미미가 각본을 써주는 거야?"

학급위원이 물어보자 코미미는 "ㅁㅎㅎ……" 하고 의미

심장하게 웃었다. 안 좋은 예감이 확신으로 바뀌는 순간이었다.

"사실 나, 지금 좋은 각본이 있어."

"좋은 각본?"

"지난달에 연극부 활동으로 무대 각본을 몇 개인가 썼는데, 그중 하나야. 결국 채용되진 않았지만, 창고에 처박히는 게 아까울 정도로 완성도가 좋단 말이지."

우리 학교의 연극부는 상당히 유명해서 전국대회에 몇 번인가 출전한 적이 있다.

그런 강호 학교의 각본가가 이렇게까지 말하니 정말로 좋은 각본일 것이다. 연극을 하느냐 마느냐는 둘째치고 조금 궁금했다.

"이미 히로인 캐스팅도 생각해뒀어."

"성격이 급하구나, 코미미는. 참고로 주역은 누구야?"

"히로인은 소국의 공주님이야. 아스카가 그 역할을 해줬으면 해."

코미미가 아스카를 살짝 봤다.

이름을 불린 본인은 눈을 휘둥그레 뜨고 자신을 가리켰다.

"어? 내, 내가 히로인?"

"그래. 이 반에서 가장 예쁜 건 너야, 아스카! 공주님 역할은 아스카 말고는 생각할 수가 없지! 지금이야말로 날아올라라, 프린세스!"

코미미가 극찬하자 아스카는 부끄러운 듯이 웃었다.

"에헤헤. 그런가? 내가 예쁜가?"

"물론이지! 이건 나 혼자만의 의견이 아니야! 우리 반 전체의 의견이니까! 그렇지? 다들 그렇게 생각하지?!"

코미미가 반을 둘러보자 반 친구들은 하나같이 고개를 끄덕이고 있었다. 우리 반은 여전히 아스카에게 물렁하다.

"어쩔 수 없네. 그럼 내가 공주님 역할을 할게."

아스카가 아주 싫지만은 않은 눈치로 그렇게 말하니 교실은 환성에 휩싸였다.

이 분위기라면 우리 반은 연극을 하게 될 것이다.

눈에 띄는 건 싫으니, 난 나무 역할이라도 할까. 애초부터 나한테 눈에 띄는 역할 같은 게 돌아올 것 같지는 않지만.

다수결 결과, 연극을 하기로 결정되었다. 학급위원은 칠판에 적힌 '연극' 글자에 동그라미를 쳤다.

"그런고로 연극으로 결정!"

""""공주님 만세~!""""

아스카 팬클럽 사람들은 눈물을 흘리면서 기뻐했다. 이미 아이돌 수준이다.

"그럼 코미미가 주도해서 움직여도 될까? 어떻게 할지는 일임할 테니까."

학급위원의 물음에 코미미는 엄지를 척 세우며 대답했다.

"오케이. 캐스팅도 거의 정해져 있어. 주역은 부탁할게! 아스카! 케이타!"

역시 연극부. 무대에 거는 열의가 다르다……. 아니, 잠깐마아아아안!

"코미미! 지금 뭐라고 했어?!"

"지금이야말로 날아올라라, 프린세스!"

"아니 너무 돌아갔어! 내가 주역이라고 말했지?! 그런 말은 못 들었다고!"

"그야 말 안 했으니까."

"너, 너 말이야……."

"후후후…… 방금 나는 학급위원으로부터 전권을 위임받았다! 내 말은 절대적이라고, 케이타! 오~홋홋!"

코미미는 짓궂은 아가씨처럼 웃었다.

"왜 이렇게 된 거지…… 코미미가 얽히면 제대로 안 굴러간단 말이지, 진짜로!"

"헤헹~. 이건 결정 사항이니까! 케이타는 입 다물고 공주님을 구하는 소년 역할을 하면 되는 거야!"

"큭…… 일단 각본을 보여줘!"

"자."

코미미에게서 각본을 받아 팔랑팔랑 넘겼다.

이야기는 인간의 말을 하는 개와 소년이 만나는 신부터 시작된다. 아무래도 내가 이 소년을 연기하는 모양이다.

원래 개는 인간인데 마녀의 저주를 받아 이 모습이 되었다고 한다.

한편, 소년에겐 결혼을 약속한 한 나라의 공주가 있었다. 하지만 어느 날 공주는 마녀에게 납치당하고 만다. 소년은 공주를 구하기 위해 모험에 나선다.

소년과 개의 목적은 마녀 토벌. 둘은 함께 마녀가 사는 외딴 섬으로 향했다.

저주받은 개와 소년은 수많은 시련을 극복하고 마침내 마녀와 해후한다.

장렬한 싸움 끝에 마녀를 쓰러뜨리자 개는 인간의 모습으로 돌아간다.

그러자 소년의 눈앞에 공주가 나타났다. 저주받은 개는 사실 공주였다.

이야기의 마지막은 서로 사랑하는 두 사람이 재회를 기뻐하며 키스하는 신으로 끝난다―― 아니, 키스으으으?!

"코미미! 이 각본의 라스트! 뭘 쓴 거야!"

"지금이야말로 날아올라라, 프린세스!"

"안 적혀있었어, 끈질기네! 키스 신은 안 되지!"

"""키스 신이라고……?!"""

아스카 팬클럽 분들로부터 살의가 담긴 시선을 받았다.

큰일이다. 키스 신을 어떻게든 하지 않으면 내 목숨이 위험하다.

"코미미, 백번 양보해서 주역은 할게. 그러니까 적어도 라스트 신을 변경해주지 않을래?"

"안 돼. 공주님이랑 이어지는 신인데? 둘의 사랑을 표현하는 데는 키스가 어울리고 분위기가 최고로 달아오르잖아."

"화, 확실히 그렇지만, 아무리 그래도 키스는……."

"케이타, 주역, 안 하는 거야?"

아스카가 불안한 듯이 물었다.

"하려면 적어도 각본을 바꿔야지. 아스카도 사람들 앞에서 키스하는 건 싫잖아?"

"난 싫지 않은데?"

"아니……."

"케이타는…… 내가 다른 남자랑 키스해도 괜찮은 거야?"

아스카는 젖은 눈으로 나를 바라봤다. 아니, 솔직히 상관없는데요…….

문득 시선을 느끼고 주위를 둘러봤다. 여자들이 책망하는 듯한 시선으로 나를 바라봤다. 꼭 내가 아스카를 울린 것 같은 분위기가 되었다.

"케이타, 공주님을 울리고 고집부리는 거 멋없어!"

코미미가 여자를 대표해서 그렇게 말하니 주변 사람들이 "맞아 맞아!"라며 야유를 날렸다.

"자, 잠깐만. 어려운 부탁을 들어주는 거니까 조금쯤은 내 조건을 받아들여도 괜찮지 않아?"

"흥. 남자는 항상 그래!"

"뭐냐, 그 말투는! 예쁜 여자냐!"

"시끄러워! 이러쿵저러쿵하지 말고 해!"

반의 여자애들도 코미미에게 동조해서 "해~라", "해~라"라며 콜을 하기 시작했다.

완전히 집단 따돌림인데요…… 선생님! 이 반 인상이 나빠요!

곤란해하고 있으니 아스카가 추가타를 날리듯이 나지막이 한마디.

"케이타가 소년역이 아니면, 난 공주가 아니라도 좋아."

토라진 듯한 그 목소리는 마음에 따끔따끔 박혔다.

"아아, 진짜! 알았어! 해드리겠습니다, 예!"

이렇게 되면 이판사판이다!

키스 신이든 뭐든 연기해주지!

"정말?! 해주는 거야?!"

아스카의 표정이 화악 빛났다.

"단, 키스는 하는 '척'이다. 코미미도 그걸로 좋지?"

"아쉽지만 어쩔 수 없지. 진짜로 키스해버리면 보호자의 민원이 쇄도해서 큰 문제가 될 것 같으니까."

"진짜로?!"

그렇게 위험한 역할을 나에게 시키려고 했던 거냐…….

역시 코미미랑 엮이면 제대로 되는 일이 없다.

　문득 시선을 느꼈다. 아스카 팬클럽 분들이 보내는 것이었다.

　"""공주와 키스 신…… 용서할 수 없다!"""

　"""우리의 공주를 더럽히는 케이타에게 죽음을!"""

　"""죽음을!!"""

　히이이이익!

　눈이 살인자의 눈인데요?!

　"왜 내가 이런 꼴을…… ."

　"케이타! 연극 같이 열심히 하자!"

　아스카는 기쁜 듯이 내 어깨를 두드렸다.

　받아들인 이상, 나도 최선을 다해야지.

　"그래. 좋은 연극으로 만들자."

　단, 목숨이 아까우니 키스는 하지 않는다. 절대로.

【유키나 선배와 하인 실격】

연극 연습이 시작되고 일주일이 지났다.

아스카는 공주님 역할 뿐만 아니라 저주받은 개 역할도 연기한다.

그것만으로도 부담이 큰데도 불구하고 아스카는 대사를 완벽하게 외우고 있었다. 대본을 상당히 많이 읽었을 것이다.

방과 후가 되어 연습이 시작되었다.

나와 아스카는 교실 구석에서 서로 대본을 맞춰서 읽었다. 연기 지도를 받기 위해 코미미도 같이 있다.

연습하고 있는 부분은 서두. 소년이 개와 만나는 신이다.

"있잖아, 너만 괜찮으면 나랑 같이 마녀를 찾지 않을래?"

아스카가 나에게 여행을 같이하자고 부르는 부분에서 코미미가 연기를 중단시켰다.

"스톱. 아스카, 역할에 완전히 몰입하지 않은 것 같아."

"어렵네. 역할에 몰입한다는 건 어떤 느낌이야?"

"공주님이 되는 거야. 어때? 역할의 이미지는 잡혔어?"

"공주님…… 이미지는 유키나 씨란 말이지."

아스카는 "유키나 씨라면 어떤 느낌으로 말할까……"라며, 어떤 시뮬레이션을 하기 시작했다.

이 공주님은 부끄럼쟁이에 자신에게 솔직하지 못한 여

자아이다. 쌀쌀한 태도로 대하는 일도 적지 않다. 아스카의 말대로 유키나 선배와 똑 닮았다.

"새침한 요소를 넣어보면 괜찮을지도…… 잠깐 해볼게."

아스카는 잠시 생각한 뒤에 말하기 거북한 듯이 내 쪽을 힐끔힐끔 봤다.

"너랑 같이 여행해줄 수도 있는데…… 차, 착각하지 말라고? 딱히 널 위해서가 아니니까."

아스카가 고개를 홱 돌렸다. 뭐야, 이 귀여운 개는. 길러도 되나요?

내가 가슴을 두근거리고 있으니, 코미미는 옆에서 만족스럽게 고개를 끄덕였다.

"괜찮네, 훨씬 좋아졌어. 이대로 부탁할게, 아스카. 휴식 후에는 이어지는 부분부터 하자."

"에헤헤, 고마워. 케이타, 쉬자."

"응, 그렇네."

우리는 가방에서 페트병을 꺼내 의자에 앉았다.

"후~. 배역을 연기한다는 건 어렵구나. 대사만 외우면 되는 줄 알았어."

아스카가 수분 보충을 하면서 쓴웃음을 지었다.

"아니 아니. 단기간에 대본을 암기하는 것만으로도 대단해. 난 아직 반밖에 못 외웠는데."

"후후훗. 열심히 외웠으니까~."

"……이상한 질문이라 생각하는데, 왜 그렇게 열심히 하는 거야?"

"처음엔 치켜세워 줘서 가벼운 마음으로 받아들였지만, 대본을 읽어봤더니 이야기에 빠져들어서 지금은 반드시 공주님을 연기해 보이겠다는 마음을 가지고 있어."

아스카는 "에헤헤" 하고 부끄러운 듯이 웃었다.

귀엽다고 칭찬을 받아 장단을 맞추느라 연극을 열심히 하는 줄 알았다.

하지만 조금 오해를 하고 있었던 것 같다.

진지하게 연극에 열중하는 아스카의 발목을 잡지 않도록 나도 열심히 해야겠다.

"그런가……. 이상한 걸 물어봐서 미안해. 무대, 꼭 성공시키자."

"물론이지. 케이타는 대본을 먼저 외워야겠네."

"맡겨둬. 암기는 잘하는 편이야."

"연기도 제대로 해~."

아스카가 놀리듯이 웃었을 때, 마침 휴식 시간 종료를 알리는 타이머가 울렸다.

"케이타. 아스카. 이어서 한다~."

코미미가 우리를 손짓해서 불렀다.

자, 한 번 더 힘내볼까.

난 페트병을 가방에 넣고 연습으로 돌아갔다.

◆

　연습은 하교 시간이 다 될 때까지 진행되었다.

　교실에 남은 사람은 연기자뿐만이 아니었다. 무대 스태프도 늦게까지 작업하고 있었다. 방과 후인데도 다들 협조적이라 거의 모두가 참여해줬다. 반의 일체감은 나날이 커졌고 우리 연기자도 기합이 들어갔다.

　저녁놀이 지는 하늘 아래, 나와 아스카는 나란히 집으로 가는 길을 걸었다.

　"음~, 오늘은 피곤하네~."

　아스카는 팔을 들고 등을 쭉 폈다.

　"수고했어. 연기 엄청 좋아졌어."

　"아냐, 나 같은 건 아직 멀었지. 유키나 씨가 되기엔 아직 멀었어."

　연습 중에 아스카는 자주 "유키나 씨라면 이렇게 할 거야"라며 중얼거렸다. 배역과 유키나 선배를 겹쳐서 연기를 수정하는 것 같았다. 어째 유키나 선배를 상당히 의식하는 것 같다.

　"확실히 그 공주님은 유키나 선배랑 비슷한 캐릭터지."

　"후훗. 유키나 씨와 사이좋은 케이타가 그렇게 말하는걸. 분명 그럴 거야."

놀리듯이 웃는 아스카. 꼭두서니 빛으로 물든 거리에 핀 그 웃음은 꼭 만화의 히로인의 웃음처럼 보였다.

나도 모르게 두근거리고 있으니 아스카는 공원 앞에서 멈춰 섰다.

저녁의 공원은 사람이 없어 매우 조용했다.

"나, 이 공원에서 조금 연습하고 집에 갈게."

"어, 더 하는 거야?"

"응. 조금만 더 하면 배역의 이미지를 잡을 수 있을 것 같은 느낌이 들어."

"그런가……. 연습을 열심히 하는 건 좋은 일이지만, 제대로 쉬어야 한다? 아스카가 아프면 난 울 거라고."

"케이타, 울면서 슬퍼하는 거야? 그럼 감기 걸리는 것도 나쁘지 않을지도 모르겠네."

"그러면 코미미의 속이 쓰릴 테니까 그러지 마."

"아하하, 그렇네!"

눈을 가늘게 뜨고 웃는 아스카에게 이끌려 나도 웃었다.

난 아스카와 헤어져 집으로 향했다.

◆

집으로 돌아가니, 거기에는 유키나 선배와 쥬리가 있었다.

두 사람은 서로 째려보며 어떤 말싸움을 하고 있었다.

"역시 남자에게는 여자 후배의 존경을 받고 싶어 하는 바람이 있다고 생각함. 아니 뭐, 만화 이야기지만요."

"그럴까? 남자는 전부 진성M이야. 여자 선배에게 괴롭힘당하고 싶어 하지 않을까? 아니 뭐, 만화 이야기지만."

"아니죠! 후배가 응석을 부리면 남자는 기뻐하는 법임다! 어디까지나 만화 이야기지만요!"

"바보구나. 선배에게 밟혀서 좋아하지 않는 남자는 없어. 보통이라면 군침을 흘리는 시추에이션이잖아? 단, 만화에 한정되지만."

"후배임다!"

"선배야!"

둘의 시선이 부딪쳐 불꽃이 파직파직 튀었다.

저기…… 만화 이야기가 아닌 것 같은 건 저뿐인가요?

"다녀왔습니다, 여러분."

쭈뼛쭈뼛 말을 거니, 유키나 선배가 기분이 언짢은 듯한 얼굴을 이쪽으로 돌렸다.

"어머, 꽤 늦게 왔네. 주인을 기다리게 하다니, 출세했구나."

"미안해요. 오늘은 문화제 준비를 했어요. 우리 반은 연극을 해요. 아스카가 히로인 역할인데, 완전히 기합이 들어가서……."

""큭…… 동급생 패턴이었나……!""

유키나 선배와 쥬리는 함께 어깨를 늘어뜨렸다.

지금 확신했다. 절대로 만화 이야기가 아니잖아.

"케이타, 어떤 연극을 하는 거야?"

"판타지예요. 유괴당한 공주를 구하기 위해 주인공이 저주받은 개와 함께 여행을 떠나는 이야기예요."

"재밌을 것 같네. 괜찮다면 대본을 읽어봐도 될까?"

"괜찮아요. 이거 받으세요. 전 주인공인 소년 역할이에요."

대본을 건네주니 유키나 선배는 팔랑팔랑 책장을 넘겼다. 쥬리도 흥미가 생겼는지 뒤에서 대본을 들여다봤다.

다 읽은 순간, 두 사람은 동시에 나를 봤다.

슈타타탓!

두 사람은 눈을 번뜩이면서 고속으로 기어서 접근해왔다.

"케케, 케이타 선배! 이게 뭡까!"

"케이타! 키키키, 키스 신이 있잖아!"

두 사람의 얼굴이 눈앞에 닥쳐왔다.

"두, 둘 다 진정해. 그 신은 키스하는 척을 하기로 됐어."

내가 해명하니 쥬리는 안심하고 가슴을 쓸어내렸다.

"뭐~야. 놀라게 하지 마세요~."

"왜 쥬리가 놀라는 거야."

"예?! 그, 그건…… 저한테도 여러 사정이 있슴다! 바보바보!"

쥬리는 얼굴을 빨갛게 물들이고 내 가슴을 투닥투닥 때

렸다.

한편 유키나 선배는 뾰로통한 얼굴로 날 째려보고 있었다.

"……아스카랑은 '척'이라도 그런 짓을 할 수 있구나."

"저기…… 유키나 선배? 무슨 뜻인가요?"

"모르면 됐어."

"그런 식으로 말하지 않아도…… 제대로 말 안 해주면 몰라요."

"……말하고 있는걸."

"네? 뭘요?"

영문을 알 수 없어 반문했지만, 대답은 돌아오지 않았다.

"나, 오늘은 돌아갈래."

유키나 선배는 불쾌한 듯이 말하고 일어섰다.

"유키나 선배! 잠깐 기다——"

"아, 벌써 시간이 이렇게! 저녁 심부름 부탁받은 걸 잊고 있었습다! 저도 갈게요, 케이타 선배!"

유키나 선배와 쥬리는 함께 방에서 나가버렸다.

……결국 유키나 선배의 진의는 모르는 그대로다.

"유키나 선배, 무슨 말을 하고 싶었던 걸까?"

아스카와는 '척'이라도 키스 신을 연기할 수 있다…… 그것에 대해 화내고 있는 듯했다.

"아~, 모르겠네! 그렇게 화 안 내도 되잖아!"

난 내 머리를 벅벅 긁어 헝클어뜨렸다.

아무튼 유키나 선배를 화나게 한 원인은 나에게 있다. 유키나 선배의 속마음을 벽 너머로 듣고 불안을 없애줘야 한다.

난 벽 옆으로 이동해 귀를 기울였다.

"……어라?"

이상하네. 평소라면 이미 들려와도 이상하지 않을 건데.

하지만 아무리 기다려 봐도 목소리는 들리지 않았다.

처음 겪는 사태에 당황하면서 벽에서 떨어졌다.

문득 뇌리에 유키나 선배의 말이 떠올랐다.

……아스카랑은 '척'이라도 그런 짓을 할 수 있구나.

나는 그때 겨우 깨달았다.

유키나 선배가 한 말의 진의는 모르겠지만, 그 말은 절실한 '속마음'이었구나.

"벽 너머로 속마음이 안 들릴 만도 하지……. 이미 속마음을 말했으니."

유키나 선배에 대해서라면 뭐든지 아는 줄 알았다. 메이드 카페 때도, 노래방 때도. 유키나 선배의 미묘한 마음을 이해하고 뭐든지 해줄 수 있다고, 그렇게 생각하고 있었다. 실제로 유키나 선배가 웃는 모습을 볼 수 있었으니, 약간은 유키나 선배에게 어울리는 남자가 되었다고 자부하고 있었다.

하지만 아니었다.

얄팍한 벽 따위에 의지하기만 해서, 지금은 더 이상 유키나 선배의 마음의 소리가 들리지 않는다.

노래방에 갔을 때, 유키나 선배는 용기를 내서 진심으로 이야기했다.

그것도 잘 못 부르는 노래라는 수단으로.

그때…… 난 진심을 전했는가?

조금씩 성장하는 유키나 선배 옆에서 난 무엇 하나라도 이루었는가?

"하인 실격, 이네……."

난 심한 자기혐오에 빠지면서 침대에 몸을 던졌다.

◆

다음날 방과 후에도 연극 연습은 이어졌다.

아스카의 연기는 점점 능숙해져 갔다. 유키나 선배를 이미지하고 있는 만큼 몸짓 하나하나가 유키나 선배처럼 보이기 시작했다.

"자, 휴식하자~!"

방과 후의 교실에 코미미의 목소리가 울렸다.

"아스카. 상당히 능숙해졌네. 공연이 기대돼~."

코미미는 아스카를 칭찬했지만, 정자 본인은 내키지 않는 표정을 지었다.

"아직이야…… 아직 내가 그리는 '이상적인 공주님'에는 도달하지 못했어……."

아스카는 분한 듯이 중얼거렸다.

내 눈에는 완벽하게 보이는데…… 아직 유키나 선배의 이미지를 넘지 못한 것 같다.

"난 휴식 필요 없어. 구석에서 연습하고 있을게."

"어? 아니, 잠깐만. 제대로 쉬는 편이 좋아."

아무리 그래도 무모하다. 난 연습을 계속하려는 아스카를 불러 세웠다.

"휴식 같은 거 없어도 괜찮아. 멀쩡해 멀쩡해!"

"초조한 건 알겠지만, 지금은 쉬라니깐. 연습 시간은 아직 있으니까── 아니, 너 눈 밑에 다크서클이 생겼잖아!"

"그냥 잠을 제대로 못 잔 건데…… 너, 너무 빤히 쳐다보지 마. 케이타는 변태야."

아스카는 부끄러운 듯이 고개를 숙였다.

집에서도 밤늦게까지 연습하고 있는 거냐…… 역시 걱정된다고.

"그보다 케이타도 힘내. 아직 자신 없는 신이 있지?"

윽…… 아픈 부분을 찔렸다. 그 말을 들으면 강하게 주의할 수 없잖아.

"……알았어, 같이 연습할게. 그 대신, 밤에는 꼭 자."

"응. 고마워, 케이타."

아스카는 지친 미소로 감사 인사를 했다.

다음 날의 연습도, 그다음 날의 연습도, 아스카는 누구보다 연습에 열중했다.

유키나 선배의 속마음은 모르는 채로 연습에 몰두하는 나날이 순식간에 지나갔다. 하인 자격을 잃은 나를 비웃듯이 연극 준비만이 순조로웠다.

사건이 일어난 것은 문화제 이틀 전.

아스카는 39도의 고열이 나서 학교를 쉬었다.

【유키나 선배와 울보 프린세스】

아스카가 학교를 쉰 날, 난 아스카의 병문안을 가기로 했다.

몸 상태도 걱정이지만, 염려하는 것이 하나 더 있다. 아스카가 문화제에 참가하지 못하는 것이다.

39도의 고열이 이틀만에 내려갈 것이라 보기는 어렵다.

코미미는 그것을 우려하여 대역을 세운다고 했다.

아스카는 제대로 쉬지도 않고 밤늦게까지 자체적으로 연습하여 이상적인 히로인에 조금이라도 다가가기 위해 배역을 연구해왔다. 그만큼 노력해왔는데 대역을 세우게 되면 충격도 클 것이다.

열정을 쏟아부어 만들어낸 배역을 누군가에게 넘겨준다…… 그것은 분명 엄청나게 분한 일일 것이다.

……난 아스카에게 대역 이야기도 할 생각이다.

"코미미 녀석, 다들 하기 싫어하는 역할을 떠맡기기나 하고……."

내가 아스카의 기분을 받아내 줄 수 있을까.

불안한 생각을 하면서 무거운 발걸음을 느릿느릿 옮겨 귀로에 올랐다.

공동주택 앞까지 가서 우연히도 유키나 선배와 만났다.

그날 이후에도 유키나 선배와 매일같이 만나고 있다. 여전히 독설로 나를 매도하고 가끔 굳히기도 건다.

하지만 그때의 진의는 모르는 그대로다. 표면상으로는 평소대로 대하고 있지만, 조금 어색하다.

"유키나 선배. 안녕하세요."

"잘 지냈니, 하인. 그 짐은 뭐니?"

유키나 선배는 내가 들고 있는 비닐봉지를 가리켰다.

안에는 병문안 물품이 들어있다. 집에 오는 도중에 약국에 들러 산 것이다.

"혹시 나에게 바치는 공물? 센스 있네."

"아, 아뇨. 이건 병문안 물품이에요."

"병문안?"

"네. 아스카가 고열로 쓰러져서 걱정돼서 병문안을……앗."

큰일이다아아아아!

유키나 선배 앞에서 아스카를 걱정해버렸다아아아아!

지뢰를 밟았을지도……. 이건 또 기분이 언짢아지는 패턴이 아닌가?

살짝 유키나 선배를 봤다. 유키나 선배는 나를 째릿 노려봤다.

이런! 이건 질투한 유키나 선배가 화내는 패턴이다!

"아, 아니에요! 아스카도 걱정이지만 전 연극이 걱정돼서——!"

"케이타 이 바보야! 왜 나한테 말 안 하는 거야!"

"……네?"

"아스카, 혼자 살지? 분명 불안할 거야. 빨리 병문안 가
줘야지!"

유키나 선배는 "아스카네 집에 갈 거야! 빨리 움직여, 돼
지!"라며 나를 매도했다.

틀림없이 '아스카 생각만 하고…… 유키나도 신경 써줘!
흥흥!'이라며 화낼 줄 알았다.

하지만 유키나 선배는 아스카를 걱정했다. 나 같은 건
전혀 안중에 없다.

문득 내가 감기에 걸렸을 때를 떠올렸다. 그때도 유키나
선배는 날 극진하게 간병해줬었지.

"……풉."

평소랑 너무 차이 난다. 이 사람은 대체 얼마나 착한 거야.

뜻하지 않게 웃음이 흘러나오니 유키나 선배는 얼굴을
찌푸렸다.

"케이타. 뭘 웃고 있는 거야? 미친 거야?"

"아뇨. 유키나 선배는 다정하네요. 그런 점이 좋아요."

마음과 입이 연결된 것처럼 생각이 자연스럽게 목소리
가 되어 나왔다.

있잖아요, 유키나 선배.

전 어쩔 도리 없이 패기 없고 겁 많은 녀석이에요. 집의

벽에 의지하기만 해서 유키나 선배의 마음에 귀를 기울이지 못했어요.

그래서 당신의 속마음을 알아차리지 못했던 걸지도 몰라요. 그날 화낸 이유도, 지금처럼 환자를 걱정하는 상냥함도.

저, 반성했어요.

이제부터는 속마음의 사인을 놓치지 않아요.

유키나 선배에게 어울리는 남자가 될 수 있도록 마음을 다잡고 노력할게요——.

쭈우우욱!

유키나 선배는 갑자기 내 왼쪽 귀를 비틀어 올렸다.

"아야얏! 뭐, 뭐 하는 거예요!"

"지금은 네 감상은 아무래도 좋아! 빨리 병문안 가자!"

잠깐만! 좋다는 말까지 했는데 노 리액션?!

조금은 부끄러워하라고! 난 유키나 선배가 부끄러워하는 모습을 기대하고 있었단 말이다!

정말 성가신 사람이야. 부끄러워하는 타이밍을 모르겠어.

하지만.

"그런 성가신 면도 귀여워—— 아야얏! 잡아당기지 말라니깐!"

"머리뿐만 아니라 귀도 썩은 거야? 가 · 자 · 고."

이거 봐! 귀엽다고 말했다고, 지금! 제대로 들으라고! 머리에 얼마나 아스카 생각이 가득한 거야! 너무 상냥하잖아, 이 천사님!

유키나 선배는 내 귀를 놓고, 대신 내 손을 잡았다.

"자, 얼른!"

"안 귀여워! 오늘의 유키나 선배는 평소처럼 안 귀여워요!"

"어…… 가, 갑자기 뭐야. 평소엔 귀엽다는 듯이 말하지 마……. 바보."

유키나 선배는 얼굴을 빨갛게 물들이고 부끄러움을 숨기듯이 내 다리를 퍽퍽 찼다.

부끄러워하는 게 늦어! 지금 원했던 게 아니라고!

"바보라고 말한 쪽이 바보라고요! 유키나 선배 바~보!"

"무슨…… 어째서 내가 하인에게 매도당해야만 하는 거야? 마음에 안 들어……. 두고 보자고, 이 바보 돼지!"

"바보 유키나!"

"바보 케이타!"

우리는 초등학생 수준의 어휘력으로 말싸움을 하면서 아스카의 방으로 향했다.

◆

"콜록, 콜록. 폐를 끼쳐서 미안해. 케이타, 유키나 씨."

침대에 누워있는 아스카는 "연습을 좀 무리하게 해서 그런가……"라며 미안하다는 듯이 말했다.

그 목소리는 가냘파서 평소의 밝은 아스카의 모습이 보이지 않았다.

"어려울 때는 서로 도와야지. 신경 쓰지 마. 그렇죠, 유키나 선배?"

"그래, 이걸로 빚 한 번 진 거다. 기억해둬."

유키나 선배는 진성S답게 씨익 웃었다.

아까 전까지 엄청 걱정했으면서. 정말 솔직하지 못한 사람이다.

나는 병문안 물품으로 죽 재료와 이마에 붙이는 냉각 시트를 사 왔다.

달걀과 뱅어로 죽을 만들 생각이었는데 요리는 전부 유키나 선배가 해줬다. 신부 스킬이 대단하다.

죽을 다 먹은 아스카는 『잘 먹었습니다』라고 감사 인사를 했다.

"죽 맛있었어, 유키나 씨."

"별말씀을. 이제 안정을 취해. 시체처럼 자는 거야."

"아하하, 시체라니…… 콜록, 콜록."

"괜찮아? 무리하지 말고 자."

내가 그렇게 말하니 아스카는 섭섭한 듯이 나지막이 한마디 했다.

"……문화제, 참가 못 하게 돼서 미안해."

아스카가 말하기로는 열이 전혀 내려가지 않는다고 한다. 모레 하는 문화제에는 시간을 못 맞출 것이다.

"케이타…… 연극, 어떻게 되는 거야? 날 대신할 사람은 있어?"

핵심을 찌르는 말에 나도 모르게 숨을 죽였다.

난 아스카가 열정을 가지고 연습하는 모습을 옆에서 쭉 봐왔다.

그러니 지금부터 내가 할 말이 얼마나 잔혹한지도 이해하고 있다.

"코미미가 아스카를 대신할 사람을 준비했다고 말했어."

과연 내 목소리는 안 떨리고 있을까.

"연극부의 에이스를 빌려온다고 해. 그 애는 하루만 외우면 대본은 머리에 들어간대."

"……다른 반 사람이 연극에 끼어들어도 괜찮아?"

"좋진 않겠지. 하지만 연극이 시작되면 중단할 수 없잖아? 일단 하고 봐야지."

"그런가…… 하아."

아스카는 아쉬운 듯이 한숨을 쉬었다.

자신의 애착이 담긴 역할을 만난 적도 없는 사람에게 넘기는 것이다. 분해서 참을 수가 없을 것이다.

무슨 말을 해줄지 생각하고 있으니, 아스카가 먼저 입을 열었다.

"있잖아, 케이타. 한 번만 고집부려도 돼?"

"고집은 환자의 특권이지. 사양하지 말고 말해."

"공주님 역할, 유키나 씨가 해줬으면 좋겠어."

"아아, 그런가⋯⋯ 아니, 에에에에에엑?!"

예상 밖의 부탁에 나도 모르게 큰 소리를 지르고 말았다.

당사자인 유키나 선배는 말을 잃고 눈을 휘둥그레 뜨고 있었다.

"아스카, 잠깐만! 왜 유키나 선배야?"

"나, 공주님 연기를 하기 위해서 유키나 씨를 이미지하고 있었잖아?"

"부, 분명 그렇게 말하긴 했는데⋯⋯."

공주님은 솔직하지 못한 츤데레 캐릭터다. 나도 유키나 선배와 분위기가 비슷하다고 생각한다.

그렇다고 해서 연기 초보인 유키나 선배를 지명하는 건 터무니없는 짓이다.

"역할에 몰입하면서 깨달았어⋯⋯ 공주님은 내가 아니라 유키나 씨가 연기해야 한다고."

"아스카, 너⋯⋯."

"엄청 분했어. 배역을 알아가면 알아갈수록 유키나 씨가 연기하는 편이 낫다는 생각이 드는걸."

아스카는 "싫어진단 말이지. 아무리 연습해도 나는 완전히 그 캐릭터가 될 수 없으니까"라고 말하며 이야기를 계속했다.

"조금만 더 가면 마음에 그리던 이상에 손이 닿을 것 같은데, 그 조금이 멀어. 그 약간의 차이를 메울 수 있는 건 유키나 씨뿐이야. 공주님을 제일 잘 알고 있는 내가 말하는 거니까 틀림없어. 그러니까 나의 소중한 배역을 다른 사람에게 맡기고 싶지 않아. 유키나 씨가 연기해줬으면 해. 분하지만, 내가 인정한 사람이 공주님 역할을 했으면 좋겠어."

고열로 약해져 있을 터인 아스카의 눈에 빛이 밝혀졌다.

배역 연구에 있어서 유키나 선배는 아스카의 이상인 동시에 넘을 수 없는 벽이었다. 아무리 연습해도 도달할 수 없어서 분한 마음을 느꼈을 것이다.

그런데 아스카는 지금 그런 유키나 선배에게 공주님 역할을 맡기려 하고 있다.

대체 얼마나 큰 각오가 필요할까. 상상하는 것만으로도 가슴이 질척하게 아팠다.

하지만 아스카의 부탁을 들어주는 것은 어렵다.

"아스카. 초보자인 유키나 선배가 갑자기 연기하는 건 무리야. 그리고 시간적인 제약도 있어. 그 분야의 프로에게 맡기는 게 좋아."

"하, 하지만 난……."

"다 같이 만든 연극이야. 아스카의 고집으로 모험을 하고 싶진 않아."

스스로 생각해도 비겁하게 말했다고 생각한다. 반 모두를 끌어들여 아스카의 생각을 봉쇄하려는 자신이 싫어졌다.

아스카가 뭔가 말하려고 했을 때, 유키나 선배가 제지했다.

"좋아. 내가 아스카의 대역을 맡을게."

"뭐어?!"

이번에는 내가 제지를 걸 차례였다.

"무슨 소리예요, 유키나 선배. 아무리 그래도 연기는 무리잖아요?"

"확실히 서투르긴 하지."

"시간도 없다고요?"

"암기는 잘하지만, 대본을 외운 적은 없어. 어려울지도 모르지."

"그럼……."

왜 맡는 건가요, 라는 의문을 제기하는 목소리를 삼켰다.

만약 내가 유키나 선배의 입장이라면 어떨까?

아스카의 열정과 원통함을 알면서도 "다른 사람을 찾아 줘"라고 말할 수 있는가?

무리다. 말할 수 있을 리가 없다.

양도하고 싶지 않은 역할을 어쩔 수 없이 양도하는 아스카의 마음을 생각하면 받아들이는 수밖에 없을 것이다.

"유키나 선배…… 진심이죠?"

"그래. 진성S는 두말하지 않아."

유키나 선배는 아스카의 손을 강하게 쥐었다.

"아스카. 난 연기 경험 같은 건 없어. 그러니 완벽한 연기를 한다는 약속은 할 수 없어……. 하지만 그렇게까지 말한다면 나도 물러설 수 없어. 고집이 세다고, 난."

유키나 선배는 부드럽게 미소 지었다.

"네 혼은 내가 이어받겠어. 죽을 각오로 발버둥 쳐볼게."

"유키나 씨…… 고마워. 케이타가 마음에 들어 하는 사람답게 근본은 착한 사람이구나."

"마, 마음에 들어 해?!"

유키나 선배는 볼을 빨갛게 물들이고 『모, 몰라』라며 고개를 돌렸다.

원래라면 말려야 한다. 우리만의 의견으로 마음대로 정해도 되는 문제가 아니다.

그래도 난 두 사람의 마음을 존중하고 싶다.

이렇게 됐으니 각오를 다지자.

우리가 함께 유키나 선배를 공주님으로 만드는 것이다.

"아스카, 나도 전력으로 유키나 선배를 도울 테니까……!"

아스카에게 말을 걸었을 때, 알아차리고 말았다.

아스카의 어깨가 오들오들 떨리고 있었다.

유키나 선배의 상냥함에 아스카의 인내가 한계에 달했

다는 것을 깨달았다.

"……유키나 선배. 잠시 저랑 아스카, 둘만 있게 해줄 수 있나요?"

"날 따돌리고 환자를 덮칠 생각이야? 역시 짐승이구나."

"아니, 그러니까…… 알겠죠?"

눈으로 신호를 보내니 유키나 선배도 알아차린 것 같았다. 작게 '앗' 하고 목소리를 흘렸다.

"흥, 오늘은 아스카한테 양보해주겠어."

"고집부려서 죄송해요."

"……케이타는 정말 사람이 좋네."

"유키나 선배도."

"그래? 그렇다고 한다면 케이타의 영향일지도 몰라."

유키나 선배는 부드러운 미소를 띠고 대본을 받아 방에서 나갔다.

"……유키나 씨, 돌아갔네."

아스카는 불안한 목소리로 나에게 말했다.

"응, 돌아갔어."

난 침대에 앉아 누워있는 아스카의 머리에 손을 올렸다.

"그러니까…… 이제 참지 않아도 괜찮아."

"……케이타?"

"이 방에는 나랑 아스카밖에 없어. 그러니까 '속마음'을 털어놔도 괜찮아."

마음의 벽을 걷어내듯이 아스카의 머리를 가만히 쓰다듬었다.

그러자 아스카의 커다란 눈동자에 눈물이 고여 갔다.

"……나, 엄청 분해."

"응, 알고 있어. 넌 반의 누구보다 열심히 했잖아."

"공주님 역할, 사실은 유키나 씨한테 맡기고 싶지 않아. 내가 무대 위에 서서 상상한 이미지를 넘어서고 싶었어."

"그런데도 아스카는 라이벌에게 소중한 배역을 맡겼어. 좀처럼 할 수 있는 일이 아니야. 멋있어, 넌."

"이런 식으로 유키나 씨한테 지고 싶지 않았어…… 케이타."

끅, 끅.

한 번 새어 나온 오열은 둑이 터진 것처럼 넘쳐흘렀다.

"싫어…… 내가 진짜 공주님이 되고 싶었어……!"

"……유키나 선배도 알고 있어. 아스카가 진짜 프린세스라는 걸."

난 몇 번이고 아스카의 머리를 쓰다듬었다.

아스카는 처음부터 배역을 양도할 각오 같은 건 안 하고 있었다. 각오하기는커녕 납득조차 하지 못했다. 유키나 선배 앞에서는 허세를 부리고 있었을 뿐이다.

마음은 눈에 보이지 않는다. 우리는 표면상으로는 밝게 행동해도 마음에는 어떤 고민을 안고 살고 있다. 모두 다

고집쟁이에 겁쟁이다.

　그러니 가끔은 속마음을 털어놓고 마음을 소독해야 한다.
일방통행인 『벽 너머』로는 분명 불충분하니 서로의 약한
마음을 모을 필요가 있다.

　그런 당연한 것을 눈앞에 있는 강한 울보에게서 배웠다.

　"흑……분하다고……!"

　마음의 통곡이 실내에 울릴 때마다 아스카의 마음이 소
복소복 쌓여갔다.

　분해서 흘리는 눈물이 마를 때까지 난 아스카의 진심과
함께했다.

【유키나 선배와 밤하늘을 올려다보며】

다음 날 아침, 난 유키나 선배와 함께 등교하여 아침 연습에 참여했다.

반 친구들은 유키나 선배를 호기심의 눈으로 보고 있었다. 이렇게 아침 일찍부터 다른 반 선배가 교실에 왔으니 이상하게 생각하는 것도 무리가 아니었다.

난 어제 있었던 일을 코미미에게 전부 이야기했다.

"그러니까, 아스카는 유키나 선배를 공주님 역으로 기용하는 것을 조건으로 역할을 내주겠다고 말한 거지?"

"네, 코미미 감독님의 말씀대로입니다."

내가 코미미에게 존댓말을 쓰고 있는 건 그녀가 화내고 있기 때문이다. 눈이 엄청 무섭다. 이러면 무의식중에도 존댓말이 나올 거다.

코미미는 유키나 선배에게 들리지 않도록 작은 목소리로 말했다.

"케이타, 공연까지 앞으로 하루밖에 없어. 그런데 아무것도 모르는 사람한테 맡기자니, 무슨 생각이야?"

"저기…… 죄송합니다."

"이야기 들었어? 난 말이지, 사죄를 듣고 싶은 게 아니야. 네 의견을 말해."

코미미는 내 얼굴을 무뚝뚝한 얼굴로 들여다봤다.

아스카와 약속했다. 유키나 선배를 공주님으로 만들어 주겠다고.

코미미도 아스카의 열의를 잘 알고 있다. 이야기하면 알아줄 것이다.

"……이 연극에 가장 열정을 쏟아부은 사람은 다른 누구도 아닌 아스카야. 그런 아스카가 분한 마음을 꾹 참고 대역을 지명했어. 난 그 녀석의 의견을 존중하고 싶어. 부탁이야, 코미미. 유키나 선배에게 히로인을 시켜줘. 나도 전력으로 도울 테니까."

솔직하게 마음을 전하자 코미미는 탄식했다.

"……하아. 이제 됐어. 승낙해버렸지?"

"코미미……!"

"그렇다고 해서 극의 퀄리티를 떨어뜨리면 가만 안 둘 거야. 케이타도 죽을 각오로 열심히 해."

"그래! 고마워!"

"어쩔 수 없네. 자, 빨리 연습하자. 유키나 선배, 이쪽으로 오세요."

이름을 불린 유키나 선배는 "부족한 부분도 있겠지만 열심히 할 거야. 잘 부탁해"라고 인사하면서 다가왔다.

어라…… 왠지 평소랑 분위기가 다르다.

유키나 선배, 오늘은 화장이 짙은 것 같은 느낌이 든다.

평소엔 화장 같은 걸 거의 안 하는데…… 왜일까. 배역에 몰입하기 위해서인가?

"움직임을 확인하면서 한번 통째로 해봐요. 유키나 선배는 대본을 들고 해도 괜찮아요."

"필요 없어."

유키나 선배는 대본을 가까이에 있는 책상 위에 놓았다.

"저기…… 대본을 놓으면 이야기의 흐름이랑 나오는 순서를 모를 텐데요?"

"밤새 암기했으니까 괜찮아. 오늘은 연기 지도를 중심으로 부탁해."

"어…… 저, 정말요?"

코미미의 의문에 유키나 선배는 "그래"라고 짧게 대답했다.

단 하룻밤 만에 두꺼운 대본을 머리에 집어넣었다고?

진짜냐. 대체 얼마나 성능 좋은 노력가인 거야, 이 사람은.

그보다 컨디션은 괜찮겠지? 잠을 제대로 못 잔 게……
아, 그런가! 화장이 짙은 건 눈 밑의 다크서클을 숨기기 위해서였나!

유키나 선배는 언뜻 나를 봤다.

"아스카랑 약속했으니까. '죽을 각오로 발버둥 친다'라고."

"유키나 선배……!"

"케이타, 알겠어? 오늘 하루 안에 날 공주님으로 만들어."

유키나 선배는 내 코끝을 손가락으로 쿡 찌르고 대담하

155

게 웃었다.

아무리 머리가 좋아도 하룻밤에 대본을 통째로 암기하는 건 무모한 짓이다.

그 무모한 짓을 가능하게 만든 것은…… 아마 아스카의 열의에 감동하였기 때문일 것이다.

다행이네, 아스카.

네 마음, 유키나 선배에게 잘 전해졌어.

"그럼 해봐요."

코미미의 신호로 연습이 시작됐다.

처음엔 유키나 선배의 대사다.

"혹·시, 너, 모·험·가?"

…….

"뭐·야. 말·하·는 개·가, 그·렇·게 신·기·해?"

………….

"난, 몬·스·터·가 아·니·야~?! 착·각·하·지 말·라·구~! 난 원·래·는 인·간…… 저·주 때·문·에 개·의 모·습·으·로 변·한 거·야…… 아·아, 빨·리 인·간·이 되·고 싶·어!"

……………….

유키나 선배는 "어때?"라고 말하는 듯이 자신만만한 표정으로 나를 봤다.

난 웃음과 박수로 응했다.

"유키나 선배, 축하해요. 지금 연기가 '발연기 오브 더 이어'를 수상했어요."

"뭐라고?!"

유키나 선배는 어깨를 축 늘어뜨렸다.

"알겠어요? 유키나 선배. 선배의 연기는 감정이 너무 없어요. 국어책 읽기는 적당히 하세요. 말하는 좀비인 줄 알았어요."

"좀비나 저주받은 공주나 마찬가지잖아?"

"완전 다르거든!"

어떤 배역 연구를 하면 그런 결론에 도달하는 걸까. 영문을 알 수가 없다.

기막혀하고 있으니 코미미가 중얼중얼 뭔가를 말했다.

"……오늘은 문화제 준비로…… 수업은 없으니까…… 응…… 할 수 있으려나."

혼잣말의 내용은 들을 수 없지만, 트러블 메이커가 혼잣말하는 것이다. 나쁜 계획을 짜고 있는 것이 틀림없다.

"유키나 선배. 오늘은 3학년도 수업 없죠?"

"그래, 문화제 전날인걸. 그 준비를 하게 되어 있어."

코미미는 씨익 웃었다. 하지만 눈은 웃지 않았다.

"유키나 선배네 반은 무엇을 하나요? 준비는 바쁘나요?"

"우리 반은 노점에서 야키소바를 파니까 한가한데…… 그게 왜?"

"준비, 빠지고 와주세요."

"빠지라니……?"

"오늘 집에 갈 때까지 철저하게 연기 지도를 할 거예요! 그렇게 안 하면 준비를 제때 못 끝내잖아요, 이 썩을 국어책 읽기 츤데레!"

"써, 썩을 국어책 읽기 츤데레?!"

"대체 뭔가요, 연기한 뒤에 지은 자신만만한 표정은! 하룻밤 만에 대본을 외웠다고 해서 기대했는데, 연기를 너무 못해요! 능력의 밸런스가 너무 나빠요, 극단적이야!"

"윽. 그, 그렇게까지 말하지 않아도…… 난, 초보자니까……."

"뭐어? 어리광부리지 말라고, 계집!"

"히이이익!"

유키나 선배는 비명을 지르고 어깨를 움찔하고 떨었다.

오오, 저 진성S가 코미미의 박력에 밀리고 있어!

"그 정도 실력으로 주역이 될 수 있다고 생각하지 말라고, 이 찰랑찰랑 헤어!"

"죄송합니다, 죄송합니다! 애써서 조금 좋은 트리트먼트를 써서 죄송합니다!"

코미미에게 사과하는 유키나 선배. '지금 머리카락의 윤기는 상관없잖아!'라고 딴지를 걸 틈조차 없었다.

난 코미미의 분노가 사그라들 때까지 기다렸다.

꾸중 타임이 끝나자 유키나 선배는 눈물이 그렁그렁한 눈으로 나를 봤다.

"으읏, 연습 열심히 할 꼬야. 케이타도…… 같이 안 해주면, 싫어."

응석을 부리는 듯한 목소리가 너무 귀여워서 내 가슴은 쿵 하고 크게 뛰었다.

……살짝 소리쳐도 되나?

유키나 선배 완전 귀엽잖아아아아아아!

열심히 할 꼬야, 라니 애냐! 유아퇴행한 유키나 선배 최고잖아! 머리를 쓰다듬어주고 격려해주고 싶어!

그리고 '같이 안 해주면, 싫어'는 반칙!

그 말을 당신한테 반한 나한테 하는 거야?! 고백으로밖에 안 들린다고! 좋아, 오늘 밤은 팥밥*이다아아아아!

──라고 외치면 유키나 선배에게 발로 차이니 자중했다.

"유키나 선배! 오늘은 맨투맨으로 굴릴 거예요! 케이타는 다른 메뉴!"

"이럴 수가…… 훌쩍."

코미미에게 혼나서 풀이 죽는 유키나 선배.

뭐지 이 귀여운 생물은. 전력으로 응석을 받아주고 싶은데요.

"연극부 부실이 비어있어요. 거기서 연습해요. 유키나

---

*일본에는 주로 경사스러운 일이 생겼을 때 팥밥을 먹는 풍습이 있다

선배를 렛츠 연금!"

"싫어어어어! 케이타 도와줘어어!"

나는 코미미에게 납치당하는 유키나 선배를 웃으면서 배웅해줬다. 힘내라, 유키나 선배! 이것도 아스카를 위한 일이에요!

이렇게 유키나 선배는 코미미의 스파르타 지도를 받게 되었다.

◆

방과 후가 되어서 유키나 선배와 코미미가 돌아왔다.

유키나 선배는 발걸음이 비척비척했다. 그 눈은 죽어 있었다.

"유키나 선배, 고생했어요…… 괜찮아요?"

"코미미 무서워, 코미미 무서워……."

유키나 선배가 헛소리하듯이 중얼거렸다. 아무래도 상당히 호되게 단련을 받은 모양이다.

"아하하…… 특훈 성과는 어때요?"

그렇게 물어보니 유키나 선배의 눈에 겨우 생기가 깃들었다.

문득 미소 짓는 유키나 선배의 눈동자는 자신감에 차 있었다.

"그렇게 재촉하지 마. 지금부터 그 성과를 보여주겠어."

유키나 선배는 자신만만하게 그렇게 말했다.

오늘 아침에 한 연기는 끔찍했는데 한나절 만에 실력이 어디까지 향상되었을까. 극적으로 좋아졌을 것 같지는 않은데……

아니. 내가 이래저래 생각해도 어쩔 도리가 없다. 여기까지 왔으면 유키나 선배의 노력과 코미미의 연기 지도력을 믿자.

"그럼 마지막은 처음부터 끝까지 해볼까. 다들 스탠바이 부탁할게."

코미미의 한마디에 각자의 위치로 갔다.

시간상으로는 이것이 마지막 전체 연습이다. 이 연습에서의 실패는 실전의 불안으로 직결된다. 완벽하게 해내야만 한다.

반 친구들도 같은 생각을 했는지 교실에 긴장된 분위기가 퍼져나갔다.

"잘 부탁드립니다."

긴장이 고조되는 가운데 마지막 전체 연습이 시작되었다.

그러자 유키나 선배의 표정이 익숙한 표정으로 바뀌었다.

내가 집에 돌아갔을 때 보는 쿨하고 무뚝뚝한 표정을 똑 닮았다.

"혹시, 당신이 모험가?"

문맥으로는 상상할 수 없는 멸시가 담긴 말투.

관심 없는 듯한 차가운 시선.

하지만 신기하게도 싫은 느낌은 들지 않았다.

왜냐하면 그 태도는 부끄러움을 숨기는 행동. 사실을 정말 좋아한다는 것이 반대되는 태도로 드러난 것이라는 걸 난 잘 알고 있다. 완성된 자연스러운 무적의 츤데레다.

지금 내 눈앞에 있는 것은 공주님이자 틀림없는 유키나 선배였다.

이 연기가 아스카의 마음에 대한 유키나 선배의 '대답'.

그 뜨거운 마음에 온몸이 떨렸다.

단 한 마디의 대사로 알 수 있다.

유키나 선배는 아스카가 그리던 공주님의 이미지에 도달했다.

"뭘 빤히 보는 거야. 말하는 개가 그렇게 신기해? 겉모습으로 판단하다니, 최악의 남자네."

대사도 대본 그대로가 아니다. 생생하게 살아있는 말이다. 연기한다기보다는 역할에 빙의한 듯한 신기한 느낌이 들었다.

말뿐만이 아니다. 몸짓도 완벽했다.

난 놓치지 않았다…… 찰나의 순간에 유키나 선배의 입꼬리가 살짝 올라간 것을.

찰나의 미소는 다름 아닌 사랑하는 소년과 재회한 기쁨의 발로이다.

쿨한 태도와 언동과는 반대로 동작에 호감이 묻어나왔다. 역시 유키나 선배. 츤데레의 프로야.

대단해……. 오늘 아침의 연기와 비교하면 몰라볼 정도로 좋아졌다.

이것이 아스카가 선택한 배우의 진면목.

그녀가 도달하지 못한 자연스러운 연기.

오늘 아침까지는 풋내기였는데……. 코미미 녀석, 대체 어떤 마법을 부린 거지?

극은 이상 없이 진행되어 갔다. 유키나 선배는 잇따라서 쌀쌀맞은 태도와 부드러운 태도를 작렬하며 이야기를 고조시켜 나갔다.

하지만 시간이 부족했다. 연습 도중에 하교 시간을 알리는 종소리가 교사에 울려 퍼졌다.

결국 전체 연습은 마녀로부터 저주를 푸는 비약을 얻는 부분에서 끝났다. 사랑하는 두 사람의 재회, 그리고 키스 신은 미뤄지게 되었다.

하지만 유키나 선배의 성장한 모습을 보니 불안하지 않

았다. 사전 연습 없이 실전에 들어가도 최고의 연기를 해 줄 것이다.

"자자~! 철수하자~!"

코미미가 신호를 주자 모두 일제히 집에 갈 준비를 시작했다. 각자가 자신감에 찬 좋은 표정을 짓고 있었다.

한때는 어찌 되나 싶었지만, 이러면 할 수 있다.

나는 내일 하는 문화제는 반드시 성공할 것이라고 확신했다.

◆

목욕을 마친 나는 내일을 대비해 일찍 침대에 누웠다.

눈을 감아봤지만 묘하게 머리가 맑았다.

"못 자겠어……."

큰일이다. 드디어 내일이 실전이라 생각하니 흥분되기 시작했다.

나는 일어나서 방의 불을 켰다.

바깥의 차가운 바람이라도 쐬면 흥분한 마음도 조금은 식을까. 난 후드티를 걸치고 베란다로 나갔다.

밤바람이 추위를 몰고 와서 나도 모르게 몸을 떨었다. 겨울은 이미 지척까지 와있었다.

문득 하늘을 올려다봤다. 하늘에 별이 가득하지는 않지만,

반짝이는 별이 몇 개인가 보였다. 게다가 오늘 밤은 보름이다. 배기가스로 오염된 도시의 밤하늘치고는 훌륭했다.

유키나 선배도 이 하늘을 보고 있을까…… 하고 로맨틱한 생각을 하고 있으니,

"케이타도 이 하늘을 보고 있을까…….."

갑자기 유키나 선배의 꾸밈없는 목소리가 들려왔다.

서둘러 옆에 있는 베란다를 봤다.

"유, 유키나 선배?!"

유키나 선배는 얇은 핑크색 파자마 위에 두껍고 소매 없는 윗옷을 입고 있었다. 뭐야 그 패션. 너무 귀엽잖아.

"케이타?! 어, 어흠. 너, 혹시 흥분돼서 잠 못 자는 거야? 꼭 소풍 가기 전날의 초등학생 같네."

유키나 선배는 황급히 말투를 바꿔 나를 놀렸다.

"아하하. 그러는 유키나 선배도 잠 못 드는 거죠?"

"난 별을 보는 게 좋을 뿐이야. 별이 아름다운 밤에는 이렇게 베란다에 나와. 케이타와 똑같은 취급을 받다니 어처구니가 없네."

"흐음. 로맨티스트네요."

"그냥 취미야…….."

그렇게 말하고 유키나 선배는 입을 닫아버렸다.

여기서는 어두워서 표정이 잘 안 보인다.

"유키나 선배. 내일 열심히 해요."

"……그래."

"아스카의 몫까지 신나게 해주세요. 기대하고 있어요!"

"……하인한테 그런 소리 안 들어도 잘 알고 있어."

"그, 그런가요."

왠지 대답이 힘이 없다. 평소라면 더 심한 진성S 발언으로 날 괴롭힐 텐데.

무엇을 고민하고 있는지 모르겠지만.

유키나 선배의 마음…… 못 알아차리는 건 이젠 싫다.

난 유키나 선배의 마음에 들어설 거야.

"유키나 선배, 기운이 없네요."

"어?"

"기운이 없는 이유, 가르쳐주세요. 저라도 좋으면 이야기 들어줄게요."

심술쟁이인 유키나 선배에게 너무 직설적으로 말했을지도 모르겠다.

대답을 기다리고 있으니 유키나 선배가 쿡쿡 하고 작게 웃는 소리가 들렸다.

"유키나 선배?"

"후훗…… 기운이 없는 날 걱정해준 거야?"

"아, 그러니까…… 네. 왠지 기운이 없는 것 같아서……."

"고마워. 하지만 괜찮아. 네 얼굴을 봤더니 기운이 났어."

"그, 그래요? 그럼 괜찮은데……."

"에헤헤…… 케이타의 옆방이라 다행이야."

"네?"

지금 나온 꾸밈없는 목소리…… 혹시 좋아한 건가?

"유키나 선배, 지금 한 말은……."

"자, 이제 자자."

"잠깐만요! 지금 '케이타의 옆방이라 다행이야'라고 말했죠?!"

"잘못 들은 거야. 난 지금 '케이터링 오 토나리뇨! 헤어, 데스 커터!'라고 했어."

"그렇게 기괴한 말을 한 거야?!"

토나리뇨가 대체 뭐야. 브라질 축구 대표선수 중에 그런 이름을 가진 사람이 있을 것 같다.

"제대로 말해주세요! 저랑 만나서 좋다고!"

"그렇게까지는 말 안 했어."

"그렇게까지는? 그럼 어디까지 말했나요?"

"시끄러워, 이제 잘 거야."

유키나 선배는 "너도 이제 자. 감기 걸려"라며, 다정한 말을 남기고 방으로 돌아갔다.

"으으음…… 역시 유키나 선배는 만만치 않네."

그래도 기운이 났으니 다행이다.

안심한 나는 방으로 돌아가 침대에 걸터앉았다.

그러자,

『저질러버렸어…… 또 저질러버렸다고오오오오!』

옆방에서 세상에서 가장 귀여운 목소리가 들려왔다.

어, 잠깐만! 벽 옆에 없어도 목소리가 들리는데요! 목소리 볼륨이 이상하잖아!

『케이타에게 평소의 감사를 전할 기회였는데 나도 모르게 알 수 없는 주문을 말해버렸어……! 대체 뭐야, 헤어 데스 커터라니! 필살기냐고!』

스스로 한 말에 딴지를 거는 유키나 선배. 잘은 모르겠지만 중2병 미용사가 쓰는 초절 커트 기법 같은 거 아냐?

『아~앙, 난 항상 이래! 솔직하게 케이타한테 응석 부릴 걸 그랬어. 케이타, 머리를 톡톡 두드려주면서 상냥하게 대해줬을지도…….』

유키나 선배는 『에헤헤. 케이타가 응석받아주는 거 좋아』라며 칠칠치 못하게 웃었다.

……살짝 소리쳐도 되나?

유키나 선배 완전 귀엽잖아아아아아아아!

그럼 솔직해져, 윳키~! 난 어리광 받아줄 준비가 되어 있으니까!

자, 이리 온!

오늘 밤엔 잔뜩 귀여워해 주지. (※미남 보이스)

그래도…… 가끔은 나도 어리광부리게 해줘어어어어어!

잠들지 못하는 이런 밤에는 유키나 선배의 품속에서 응

애응애 하고 싶다고오오오오!

　──라고 외치면 들리니까 나는 베개에 얼굴을 파묻고 몸부림쳤다.

『내일은 문화제…… 아스카를 위해서도 절대로 실패할 수 없어. 힘내야지.』

유키나 선배의 목소리는 약간 떨렸다.

기운이 없었던 건 역시 긴장했기 때문이었나.

"유키나 선배. 제가 곁에 있으니까 괜찮아요."

들리면 곤란하니 아주 작은 목소리로 말했다.

내일 다시 유키나 선배의 긴장을 풀어줘야 한다.

"잘 자요. 유키나 선배."

난 내일의 연극을 시뮬레이션하면서 눈을 감았다.

【문 너머의 진심】

밤이 밝아 문화제 당일을 맞았다.

교실 창문에서 바깥으로 시선을 보내니 노점이 쭉 늘어서 있었다. 야키소바, 초코 바나나, 톤지루, 프랑크푸르트 소시지…… 어느 노점이나 활기가 있으며 줄이 생겨나 있었다.

반에서 만든 티셔츠를 입고 호들갑스럽게 떠드는 학생들. 확실히 평소의 학교와는 분위기가 달랐다. 축제의 열기에 마음이 들떠 다들 즐거워 보였다.

시선을 교실로 돌려 벽에 걸린 시계를 봤다.

"이제 슬슬 갈까……."

일찍 가서 의상과 소품, 연기의 최종 확인을 해두는 편이 좋다. 시간이 다 돼서 준비가 덜 된 부분이 발견돼도 곤란하니까.

교실을 나가니 노란색 반티를 입은 쥬리와 눈이 맞았다.

"아, 케이타 선배!"

쥬리는 손을 흔들면서 총총 뛰어서 다가왔다.

그녀의 표정은 어딘지 그늘진 것처럼 보였다.

"케이타 선배, 이야기는 들었슴다. 아스카 선배, 열이 많이 나서 문화제에 못 온다고……."

"응…… 그 녀석, 엄청 아쉬워했어."

"······아스카 선배의 대역, 유키나 선배군요."

쥬리는 가슴께에 손을 대고 괴로운 표정을 지었다.

"야, 쥬리. 괜찮아?"

"······싫습다."

"예?"

"유키나 선배가 공주님 역할 하는 거 싫어~!"

"우와! 갑자기 큰소리 내지 마 바보야! 깜짝 놀랐잖아!"

내 항의를 무시하고 쥬리는 볼을 부풀리고 째려봤다.

"그렇지만 싫은 건 싫은걸요!"

"제대로 된 이유가 아니잖아. 이해가 안 되네."

"저도 이해가 안 됨다! 덧붙여서 케이타 선배가 주역인
것도 이해가 안 됨다! 왜 이렇게 시원찮은 사람이 주역인
검까! 화사함이 너무 없다고요!"

"응. 내 욕은 지금 상관없는 거 맞지?"

상연하기 전에 주역의 멘탈을 쓸데없이 갉아먹지 마. 눈
물로 관객석이 안 보이게 되잖아.

"갑자기 왜 그래, 쥬리. 아스카 때는 납득했었잖아. 왜
유키나 선배면 안 되는 거야."

"그게······ 저도 잘 모르겠습다."

쥬리는 입술을 삐죽이 내밀고 삐진 아이처럼 그렇게 말
했다.

"아스카 선배 때는 허용이 됐는데······ 유키나 선배가 공

주님 역할을 한다는 말을 들은 뒤부터 가슴이 계속 아픕다. 뭔가요, 이게. 엄청 찝찝해요."

"쥬리, 너……."

"있잖아요. 케이타 선배."

쥬리는 내 얼굴을 들여다봤다.

젖어있는 입술이 묘하게 요염해서 나도 모르게 숨을 죽였다.

"저, 케이타 선배 때문에 기분이 이상해졌습다……. 책임져주세요."

"크학!"

요염한 거유 후배의 다이렉트 어택!

케이타 선수의 라이프에 2,000 섹시 대미지!

거기에 변태 망상 효과도 발동. 내 심박수는 힘차게 솟아올랐다……. 위험해. 피를 토할 뻔했어.

"케이타 선배…… 이 찝찝함의 정체는 뭔가요?"

"아니, 그건 말이지……."

어떻게 대답해야 할지 망설이고 있으니,

"케이타! 큰일이야! 큰일 났어!"

이름을 불려 뒤돌아봤다.

거기에는 어깨로 숨을 쉬는 코미미가 있었다. 이 세상이 끝난 듯한 표정을 짓고 있었고 이마에는 구슬땀이 맺혀있었다.

"왜 그래, 코미미. 너, 땀이 엄청 나는데……!"

"큰일이야! 유키나 선배가 어디에도 없어!"

"어……?"

그 순간, 핏기가 싹 가셨다.

"지금 다 같이 학교 안을 찾고 있어! 하지만 전혀 안 보여서…… 어떡하지. 내가 연기 지도를 하면서 너무 압박을 줘서 긴장해서 도망쳐버린 걸지도……!"

코미미는 눈물을 글썽이면서 그렇게 말했다.

"긴장이라니…… 그러고 보니, 어제……!"

난 유키나 선배의 상태가 이상했다는 것을 떠올렸다.

문득 유키나 선배의 말이 뇌리를 스쳤다.

『내일은 문화제…… 아스카를 위해서도 절대로 실패할 수 없어. 힘내야지.』

그렇다…… 유키나 선배는 분명 긴장하고 있었다.

기운이 난 줄 알고 있었다.

내일 다시 용기를 북돋워 주면 괜찮다. 그렇게 믿고 있었다.

하지만 그게 아니잖아.

유키나 선배는 청개구리……. 나에게 걱정을 끼치지 않도록 '기운이 났다'라고 거짓말을 한 것이다.

이게 무슨 일인가. 나는 또 유키나 선배의 사인을 놓친 건가.

유키나 선배는 분명 지금 불안에 짓눌릴 것만 같아 혼자 울고 있을 것이다.

"쥬리! 미안, 긴급사태야!"

"앗, 케이타 선배……!"

난 쥬리를 내버려 두고 달리기 시작했다.

나와 코미미는 분담해서 유키나 선배를 찾았다.

노점이 모여 있는 교정. 댄스부의 연기로 분위기가 달아오른 체육관. 유령의 집과 찻집이 늘어선 복도…… 사람이 없는 옥상에도 가봤지만, 유키나 선배는 어디에도 없었다.

"어디로 가버린 건가요, 유키나 선배……."

큭…… 아직 포기하지 마라. 냉정하게 생각해라.

상연 전에 도주한 의미…… 일반적으로 생각하면 대역의 중압감을 버티지 못했다는 뜻이다.

나라면 학교를 뛰쳐나가 가능한 한 멀리 간다. 학교에서 멀어지면 멀어질수록 찾기 어려워지기 때문이다.

유키나 선배라면 어떻게 할까. 이미 학교를 빠져나가 어딘가 멀리 가버렸을까.

아니, 그럴 가능성은 작다.

왜냐하면 유키나 선배는 심술쟁이. 그 사람 앞에서는 상식적인 추리 따위는 의미가 없다.

도주에 숨겨진 진짜 의미.

하인인 나는 안다.

"아직 학교 안에 있을 거야……. 그렇죠, 유키나 선배?"

유키나 선배는 분명 압박감에 짓눌릴 것만 같은 자신에게 용기를 북돋워 주길 원할 뿐. 진심으로 도망칠 생각은 없을 것이다.

하지만 그 유키나 선배가 솔직하게 『케이타, 나 상연하는 게 무서워. 어떡하지』라고 말할 리가 없다.

유키나 선배는 아마 나의 『괜찮아』라는 한마디를 기다리고 있을 것이다.

"꼭 데리러 갈게요, 유키나 선배."

중요한 건 유키나 선배가 있는 곳인데…… 이만큼 찾았는데 발견되지 않는 건 이상하다고 생각한다. 어쩌면 사람이 들어갈 수 없는 곳에 있는 걸지도 모른다.

교내에서 아무도 들어갈 수 없는 곳. 예를 들자면 밀실이다.

쉽게 밀실을 만들 수 있는 곳이라고 하면…… 거기밖에 없다.

난 유키나 선배의 휴대전화에 전화를 걸면서 3학년 교실이 늘어선 복도를 달렸다.

그러자 어떤 곳에서 착신음이 희미하게 들렸다.

이 곡은 '트래몬'의 데뷔곡 '연애 편차치 밑바닥 걸'……

틀림없이 유키나 선배의 스마트폰일 것이다.

"역시 여긴가……."

내 눈앞에는 여자 화장실이 있었다.

화장실 칸은 안쪽에서 잠긴다. 즉, 누구든지 쉽게 밀실을 만들 수 있는 것이다.

"자. 아무도 밟지 않은 땅으로 가자……가 아니라, 들어갈 수 있겠냐!"

여자 화장실에 침입하는 건 말도 안 되는 일이잖아. 주저할 수밖에 없다고.

……어떡하지?

여자 화장실에 들어가는 순간을 누가 보기라도 해봐라. 틀림없이 신고당한다. 까딱하면 퇴학이다.

하지만 내가 하지 않으면 유키나 선배는 무대에 올라갈 수 없다.

유키나 선배의 웃음을 되찾기 위해서라면, 설령 불길 속이든 화장실 속이든, 난 어디든지 가주겠다.

"우오오오! 하인의 충성심을 보여주마아아아!"

반쯤 자포자기한 느낌으로 외치며 나는 여자 화장실에 잠입했다.

주위를 둘러봤다. 다행히 안에는 아무도 없었다.

이어서 화장실 칸으로 시선을 옮겼다. 가장 가까이에 있는 칸만 사용 중이고 다른 곳은 빈칸이었다.

……여기에 유키나 선배가 있을까.

사용 중인 칸에 다가가려고 한 그때였다.

『저질러버렸어…… 또 저질러버렸다고오오오오!』

유키나 선배의 목소리가 문 너머로 들려왔다. 좋아, 빙고다!

『중요한 무대를 앞두고 있는데 자신이 없어졌어……. 왜 난 이 모양일까. 겁보에 겁쟁이에 허세만 가득해…….』

문 너머로 들려온 것은 평소의 부끄러워하는 말과는 다른 참회의 말이었다.

『아스카 대신 열심히 하겠다고 정했는데…… 막바지에 무서워졌어. 나 같은 게 히로인을 연기할 수 있을까. 모두의 기대에 부응할 수 있을까. 그렇게 생각했더니 무서워져서, 난……!』

마지막 부분은 눈물이 섞인 목소리였다.

역시 유키나 선배는 압박감에 짓눌릴 것만 같았던 거구나.

미안해요, 유키나 선배. 제대로 도와주지 못해서.

이것도 전부 벽 너머의 관계에 기댄 내 탓이다.

사실 난 아무것도 모르고 있었구나. 유키나 선배는 내가 생각하는 이상으로 평범한 여자아이라는 것을.

사과하고 싶다. 그리고 격려해주고 싶다.

하지만 직접 말하면 당신은 부끄러움을 숨기려고 얼버무릴 거죠?

그러니 난 일부러 문 너머로 속마음을 전할 거야.

유키나 선배가 항상 그렇게 하듯이.

난 숨을 깊이 들이쉬었다.

그리고——.

『저질러버렸어…… 나 저질러버렸다고오오오오!』

유키나 선배를 흉내 내서 외쳤다.

『이, 이 목소리는 케이타……? 아니, 여긴 여자 화장실인데?! 어디까지 변태의 정점에 달할 생각인 거야?!』

아니, 당신이 여자 화장실에 틀어박혔기 때문이라고!

——라고 딴지를 걸고 싶지만 자중했다.

난 지금 아무도 없는 여자 화장실에서 혼잣말을 외친다는 『설정』이다. 딴지를 걸거나 리액션을 할 수는 없다.

"유키나 선배가 압박감에 짓눌릴 것 같다는 걸 어렴풋이 알아차리고 있었는데, 아무것도 해주지 못했어……. 이만한 하인 실격 사유도 없다고! 젠장!"

『어…… 케이타……?』

"긴장하는 건 당연하지! 그야 그만큼 열심히 연습했으니까! 노력의 성과를 발휘해야만 하는 상황…… 누구든지 긴장하지, 자연스러운 일이야!"

부끄러움을 숨기기 위한 행동을 하지 못하도록, 오늘은 계속 내 턴이다.

전해져라.

내 진심…… 문을 돌파해서 유키나 선배의 마음에 울려라.

"어젯밤에 베란다에서 말할 걸 그랬어! 당신의 연기와 노력은 모두가 인정하고 있다고! 아스카도 분명 만족할 거라고! 긴장하지 말라는 건 무리일지도 모르지만! 자신감을 가지고 연기하면 된다고!"

실컷 기대 온 벽 너머의 관계.

분명 앞으로도 벽 너머로 서로의 속마음을 이야기하는 일도 있을 것이다.

하지만 더는 사인을 놓치거나 하진 않을 테니까.

유키나 선배.

당신이 곤란할 때 반드시 곁에 있을 것을 맹세합니다.

"'여기에 유키나 선배가 없으니까' 말하는 거지만! 이번 일로 유키나 선배가 멋지다고 생각했어! 아스카의 의지를 이어받아 서투른 것과 똑바로 마주 보고 노력해서, 지금 그야말로 넘기 힘든 벽을 넘으려 하고 있어……. 난, 유키나 선배를 정말 존경해!"

난 진심을 말했어.

그러니 유키나 선배.

다음은 당신이 행동으로 진심을 보여줄 차례야.

"나랑 같이 무대에 오르자! 둘의 노력의 결실을 모두에게 보여주자고! 유키나 선배라면 할 수 있어! 나도 코미미도 아스카도, 다들 확신하고 있으니까!"

난 마지막으로 "⋯⋯라고 말해줬어야 했어어어어어!"라고 덧붙이고 화장실에서 나갔다.

복도를 달리면서 혼잣말했다.

"⋯⋯이걸로 괜찮겠지?"

아니, 생각하는 건 그만두자.

할 수 있는 일은 했다.

이제는 유키나 선배를 믿는 수밖에 없다.

"유키나 선배⋯⋯ 기다릴 테니까요."

정말 좋아하는 사람을 격려해줬다고 믿으며 나는 체육관으로 향했다.

【프린세스 유키나와 망설이는 하인】

의상으로 갈아입은 나는 체육관 무대 뒤편에서 대기하고 있었다.

지금 마침 늦게 온 코미미에게 유키나 선배 일을 설명한 참인데…….

"유키나 선배를 만났구나. 흠~."

코미미는 미간을 찌푸리며 날 째려봤다.

"그래서? 케이타는 유키나 선배를 두고 여기에 온 거야?"

"그렇지…….."

"흠~."

"저기, 코미미 씨? 아까부터 눈빛이 무서운데요……."

"케이타, 너 말이야…… 유키나 선배를 찾았으면 어서 여기에 데려오지 못 하겠냐아아아아!"

"히이이익! 죄, 죄송합니다, 누니이이임!"

바로 사죄했지만 용서받을 수 있을 리가 없다.

코미미는 내 멱살을 난폭하게 붙잡고 앞뒤로 크게 흔들었다.

"폼 잡고 있을 상황이냐! 유키나 선배가 안 오면 어떡할 거야!"

"하, 하지만 난 유키나 선배의 마음을 아니까……."

"시끄러워, 사이좋다고 떠벌리지 마! 아예 결혼해버려라!

오래오래 폭발해라!"

"결혼이라니 너…… 후훗. 축사 고마워."

"축하 안 했거든!"

"으극!"

코미미의 박치기가 작렬했다. 수수하게 아프다.

대미지를 받은 이마를 문지르고 있으니, 코미미의 표정이 한층 더 험악해졌다.

"너, 진짜로 유키나 선배가 안 오면 어떡할 거야?"

"그건……."

한순간 박력에 눌려 머뭇거렸다.

연극에 진심으로 임하고 있는 건 유키나 선배나 아스카뿐만이 아니다. 코미미도 마찬가지다.

하물며 코미미는 각본의 작가다. 자기 자식의 영광스러운 무대에 히로인이 없다는 현 상황에는 제정신으로 있을 수 없을 것이다.

적당한 말로 얼버무리는 것은 불가능하다.

난 우직하게 진심을 담아 대답했다.

"유키나 선배는 반드시 올 거야."

"근거는?"

"유키나 선배 최고의 이해자인 내가 믿고 있다……는 근거로는 안 될까?"

"또 사이좋다고 떠벌리는 거야?"

"그런 건 아니지만…… 난 알아. 그 사람은 청개구리야. 도망친 건 정말로 압박감에 진 게 아니야. 격려를 받고 싶어서 그런 것일 뿐이지. 난 아까 유키나 선배의 불안을 없애고 왔어. 그러니까 괜찮아."

"무슨 소리야? 하나도 모르겠는데."

"미안, 나도 잘 설명할 수 없어. 하지만 날 믿어줘."

"말이 엉망진창이잖아……. 하아아아."

코미미는 탄식한 뒤에 질린 것처럼 웃었다.

"알았어. 케이타가 그렇게까지 말한다면 믿을게."

"코미미…… 고마워."

"단! 유키나 선배가 안 오면 벌로 반 친구 모두에게 고기를 사줄 것!"

"페널티가 무거워!"

3,000엔 무한리필이라고 쳐도 10만 엔은 든다. 만일의 경우에는 어머니에게 '여보세요. 나야, 나. 미안, 오늘 안으로 10만 엔이 필요하게 됐어'라고 전화해야 한다.

적어도 소고기덮밥으로는 안 되겠냐며 물어보려고 했을 때, 발소리가 들렸다.

소리는 점점 커졌고, 이쪽으로 다가왔다.

"고기는 얻어먹어야겠어. 물론, 연극은 성공시키겠지만."

당차고 방울 같은 목소리.

난 이 목소리의 주인을 잘 알고 있다.

뒤돌아보니 개 의상 차림의 유키나 선배가 있었다. 얼굴에는 인형 탈을 쓰지 않고 개의 귀가 달린 머리띠를 쓰고 있었다.

다행이다……! 내가 한 일이 틀리지 않았구나.

진심이, 전해졌어……!

"유키나 선배애애애애애!"

와락!

난 유키나 선배에게 안겼다.

"꺄아악! 뭐, 뭐뭐뭐, 뭐 하는 거야, 이 변태!"

"그렇지만 기쁜걸요! 유키나 선배의 마음의 버팀목이 되어서 전 엄청 행복——!"

"알 · 겠 · 으 · 니 · 까! 떨어져, 문질문질정의 작은 변태!"

"내 이름은 그런 변태 라쿠고가* 같지 않아—— 으악!"

개 펀치가 안면에 크리티클 히트!

난 비틀거리면서 유키나 선배에게서 떨어졌다.

"너무해, 유키나 선배…… 훌쩍."

"그럼. 하인은 내버려 두고…… 여러분. 걱정을 끼쳐서 죄송합니다."

유키나 선배는 모두에게 머리를 숙였다.

"조금 긴장돼서 바깥 공기를 쐬러 간 거였어. 하지만 이젠 괜찮아. 지금은 기분이 상쾌해. 최고의 연기를 보여주

*무대에서 한 사람이 음악이나 무대효과를 사용하지 않고 오로지 부채나 손수건을 든 라쿠고가의 몸짓과 입담만으로 이야기를 풀어나가는 일본의 전통 공연

겠어."

유키나 선배가 훗 하고 미소 짓자 모두의 불안해 보이는 표정은 풀어졌다.

공연 전의 팽팽한 분위기가 풀어지는 가운데, 유키나 선배는 내 귓가에 입술을 가까이 댔다.

"케이타…… 격려해줘서 고마워."

"예?"

유키나 선배는 뚱한 표정으로 그렇게 말했다. 그 볼은 살짝 빨갰다.

"무, 무슨 얘기인가요~?"

"흥분한 네가 여자 화장실에서 큰소리를 지른 건이야."

"맞는 말이지만 표현이 좀!"

"그런 태도를 보여도 될까? 온 학교에 말 퍼뜨린다?"

"죄송합니다. 전 여자 화장실에서 큰 소리를 지른 이상한 사람입니다."

난 솔직하게 범행을 인정했다. 협박, 안 좋다고 생각합니다!

"큭, 약점을 잡혀버렸나…… 응?"

짐을 놔두는 곳에 있는 내 스마트폰이 진동하고 있다는 걸 깨달았다.

집어서 확인해보니 유키나 선배가 보낸 메시지가 있었다. 사진도 첨부되어 있다.

메시지는 이렇게 적혀있었다.

『케이타. 항상 나에게 상냥하게 대해줘서 고마워. 이건 답례야…… 쪽.』

"이건 감사의 메시지…… 그보다 마지막의 '쪽'은 무슨 뜻이지?"

이상하게 생각하면서 사진을 봤다.

사진에는 교복 차림의 유키나 선배가 손 키스를 날리는 모습이 찍혀있었다. 부끄러워하면서 윙크하며 연분홍색 입술을 오므리고 있었다.

이, 이건……!

"유키나 선배의 손 키스으으으으으?!"

뒤돌아봤더니 유키나 선배와 눈이 딱 맞았다. 잘 익은 토마토처럼 얼굴이 새빨갰다.

유키나 선배는 나에게서 도망치듯이 시선을 돌리고 코미미에게 말을 걸었다.

"코, 코미미. 시작 신에서 확인하고 싶은 게 있는데."

"네, 뭔가요…… 아니 유키나 선배, 얼굴이 새빨간데요?"

"그, 그래? 딱히 부끄러워하는 게 아닌데?"

"아뇨. 의심은 안 하는데…… 왜 얼굴이 빨간 거예요?"

"어? 그, 그건, 그러니까…… 아까 한 양동이 가득 담긴 하바네로를 먹었기 때문일지도 몰라."

"치사량 아니에요?"

"아, 음, 지금 한 말은 농담이고, 그러니까……."

유키나 선배는 코미미의 질문 공세에 쩔쩔맸다.

……살짝 소리쳐도 되나?

유키나 선배 완전 귀엽잖아아아아아아!

내가 좋아한다고 생각해서 손 키스를 해준 거야?! 귀여워!
애초에 답례로 손 키스를 한다는 사고회로가 너무 사랑스
러워! 하마터면 좋아서 죽을 뻔했다고!

그보다 상냥하게 대해주는 게 당연하잖아! 엄청 좋아하
는걸! 유키나 선배도 같은 마음이면 좋겠어!

그리고 말하는 걸 잊고 있었는데…… 그 개 의상도 너무
귀엽잖아아아아아아아!

마스코트 같은 누긋한 실루엣! 얼굴은 제대로 드러낸 상
태로 개의 귀가 달린 머리띠! 게다가 새빨간 얼굴! 심쿵 3
연속 콤보로 내 라이프는 이미 제로라고!

──라고 외치면 유키나 선배에게 들려버리니, 난 입에
지퍼를 채웠다.

이럭저럭 하는 동안에 관내에 아나운스가 울려 퍼졌다.

『다음은 2학년 2반의 연극 '저주받은 개와 사라진 공주'
입니다. 준비될 때까지 잠시 기다려주십시오.』

풀어진 마음이 순식간에 다잡혔다.

반 전체의 시선이 코미미에게 모였다.

코미미는 호흡을 한 번 가다듬고 입을 열었다.

"드디어 상연이네. 지금까지 엄격한 연습에 따라와 줘서 고마워. 아니, 연기자뿐만이 아냐. 무대 스태프들도 내 세세한 요망에 응해줘서 감사하고 있어."

코미미는 모두의 얼굴을 보고 웃어 보였다.

"이만큼 열심히 했어. 실제 공연도 분명 잘 될 거야. 난 믿고 있어."

코미미는 그렇게 말하고 주먹을 높이 들었다.

"자! 운다고 해도 웃는다고 해도 마지막이야! 후회가 안 남도록 전력으로 가자!"

""""오오~!""""

우리는 각자의 위치로 돌아가 연극 준비를 시작했다.

트러블이 이어지는 문화제였지만, 드디어 클라이맥스다.

긴장하지 않았다고 한다면 거짓말일 것이다. 다리는 떨리고 심장도 쿵쾅댄다.

하지만 이상하게도 성공시킬 자신은 있었다.

아스카. 네 몫까지 힘껏 부딪치고 올게.

무대의 막이 오른다.

시야가 한 번에 넓어졌다.

어두컴컴한 관내를 바라봤다. 자리는 만석. 안쪽에는 서서 보는 손님도 있다. 우리 학교의 학생뿐만 아니라 다른 학교의 학생과 보호자도 적지 않았다.

객석에서는 기대의 시선이 무수히 날아들었다.

중압감을 느끼지 않을 리가 없다.

하지만 괜찮다. 연극은 반드시 성공한다.

왜냐하면 내 옆에는 이 사람이 있으니까.

시선을 보냈더니 유키나 선배와 눈이 맞았다.

──시작한다, 하인.

──알고 있어요, 주인님.

눈과 눈으로 서로 통한 순간, 연극이 시작되었다.

서두는 소년이 여행을 떠나 항구마을을 향해 걷는 신부터 시작된다.

거기에 저주받은 개 역할인 유키나 선배가 지나간다. 개 의상 차림의 그녀를 본 관객은 킥킥거리며 웃었다.

개는 소년 역할인 나에게 말을 걸었다.

"저기, 혹시 너 모험가야?"

"어…… 개, 개가 말을 했어?!"

"도시의 개는 말한다고."

"도시, 굉장하네!"

그 순간 관내에 웃음소리가 울렸다.

좋아, 관객분들도 등장인물에 친근감을 가져준 것 같으니 시작은 나쁘지 않은 것 같다. 이대로 달리자.

내가 수상하게 유키나 선배를 보고 있으니, 그녀의 표정이 진성S의 표정으로 변화했다.

"뭘 빤히 보는 거야. 말하는 개가 그렇게 신기해? 암캐를 핥듯이 보다니, 대단한 수컷이야."

"동물을 그런 눈으로 보겠냐, 바보야!"

"인간 주제에 건방지네. 날 누구라고 생각하는 거야? 개라고?"

"개 주제에 건방진 태도…… 아, 야! 땅을 차서 모래 뿌리는 거 그만둬!"

연기일 텐데. 시나리오대로일 텐데. 마치 평소의 대화 같아서 여기가 무대 위라는 것을 잊어버릴 것만 같았다. 공주님 캐릭터와 유키나 선배의 정신이 하나가 되어 있기 때문이다.

"너, 왜 개인데 말하는 거야."

"나한테 관심 있어? 꼬시는 거면 다른 사람을 찾아봐. 난 수컷 소형견이 좋아."

"쓸데없이 가드가 단단한 개네! 왜 인간인 내가 개를 꼬시겠냐!"

"그렇게 말하면서 내 꼬리를 보고 욕정하지 마."

"안 했거든! 그보다 수컷을 유혹하듯이 꼬리 흔들지 마!"

정신을 차리고 보니 대본에 없는 대사까지 생겨나 있었다. 이렇게 큰 무대인데도 공동주택의 방에서 대화하는 느낌으로 있을 수 있으니 신기했다.

이봐, 아스카. 문화제의 연극, 엄청난 일이 벌어지고 있어.

네가 유망하다고 본 공주님은 큰 무대를 공동주택의 방으로 바꿔버렸어.

연극은 무탈하게 진행되어 갔다.

나와 개는 원한이 있는 마녀를 찾기 위해 모험을 떠났다.

여행 도중에 다양한 사건이 일어났다. 이동 중인 마차에서 습격당하거나, 마녀의 부하에게 방해를 받거나, 개와 싸워버리거나. 그래도 우리는 서로 협력하여 넘기 힘든 벽을 넘어 깊은 인연을 맺어 나갔다.

어떤 때에 나는 개에게 말했다.

"너 말이야, 인간이 되면 뭘 하고 싶어?"

"그렇네…… 솔직해져서 재회한 연인에게 응석 부리고 싶어."

"그런가. 나도 연인과 다시 만나면 응석 부리고 싶을지도."

"후훗. 똑같네."

"아, 지금 웃었지. 그런 부드러운 표정이 더 귀염성이 있어서 좋은데?"

"……물어버린다?"

뾰로통한 개의 표정이 우스워서 나는 웃었다.

솔직해지고 싶다고 생각하는 귀여운 모습도, 가끔 보여주는 그 부드러운 웃음도, 미워할 수 없는 부끄러움을 숨기는 행동도. 전부 내가 알고 있는 심술쟁이 이웃과 똑같

앗다.

나와 유키나 선배도 소년과 개처럼 서로 진심으로 이야기할 수 있으면 좋을 텐데.

……아니, 어쩌면 우리는 연기를 통해 서로 진심을 이야기하고 있는 걸지도 모른다.

그 뒤에도 이야기는 고조되었고, 드디어 클라이맥스를 맞이했다.

우리는 마침내 마녀가 있는 곳을 알아냈다.

마녀의 강력한 마법 공격에 고전했지만 우리는 힘을 합쳐 싸워서 훌륭하게 승리했다.

보물 상자를 열어 입수한 저주를 푸는 약을 개에게 뿌렸다.

그러자 핑크색 안개가 생겨나 주위를 뒤덮었다.

시야가 나빠 앞이 보이지 않았다. 불안해진 나는 개에게 말을 걸었다.

"이, 이봐! 괜찮냐!"

대답이 없는 채로 안개가 걷혔다.

거기에 서 있는 것은 내가 잘 아는 인물이었다.

한 나라의 공주님이자 나의 연인이다.

"설마…… 그 개가 너였어?!"

"그래. 난 네 연인이야."

"왜 지금까지 말 안 해준 거야?! 난, 네가 행방불명이 된

뒤부터 계속 걱정돼서……!"

"미안해. 하지만 전에 말했지? 난 너한테 응석 부리고 싶었어."

"어? 무슨 소리야?"

"너한테 진실을 밝히면, 난 분명 응석을 부렸을 거야……. 개의 모습으로 응석을 부리는 건 싫었어. 네가 개의 모습 인 내가 아니라 인간 여자아이인 날 사랑해주길 바랐어. 제멋대로인 날 부디 용서해줘."

"어……?"

"넌 정말 둔탱이네. 하아……."

유키나 선배는 크게 탄식했다.

"알겠어? 한 번만 말할 거니까 잘 들어."

그렇게 말하고 유키나 선배는 나에게 안겼다.

"……지금까지 참은 만큼, 오늘은 엄청 어리광부릴 거야. 각오해."

유키나 선배의 얼굴이 서서히 다가왔다.

드디어 하이라이트인 키스 신이다.

대본에 따르면 유키나 선배는 나에게 키스하는 척을 하고 BGM과 함께 막이 내려간다.

그랬어야 했다.

"어……?"

입술을 막는 부드러운 감촉.

유키나 선배와 키스를 했다.

그 사실을 깨달은 순간, 머릿속에 빛이 솟구치고 몸이 굳었다.

가슴 속에서 아주 요란한 소리가 들렸다. 심장이 날뛰고 있다. 쿵쾅쿵쾅 강하게 고동쳐서 뜨거운 피를 온몸으로 보냈다.

BGM을 없애버리는 듯이 관내에서 새된 환성이 터져 나왔다.

키스는 하는 척만 해도 된다고 사전협의 때 제대로 전달해뒀을 것이다.

그런데 유키나 선배는 왜 키스를 한 것일까. 모르겠다. 유키나 선배에게서 전해지는 생생한 체온과 녹아내릴 듯한 키스의 감촉이 내 사고를 날려버렸다.

막이 천천히 내려갔다.

그동안 나는 꼼짝 못 하고 유키나 선배의 입술을 받아들였다.

【유키나 선배와 왕자님 ~사랑하는 공주를 지키고 싶어~】

　문화제는 끝났고, 나는 비닐봉지를 한 손에 들고 쓰레기
장에 왔다.

　연극은 무사히 성공했다……고 말할 수 있을까.

　내용은 완벽했다. 유키나 선배의 연기는 신들려 있었고,
나도 내 실력 이상의 연기를 보여줬다고 생각한다.

　하지만 마지막 키스 신. 솔직히 그건 대본을 무시한 나
쁜 애드리브였다. 코미미도 얼굴을 새파랗게 물들이고
"위, 위가 아파……"라고 말하고 그 자리에 주저앉았던가.

　유키나 선배는 어떤가 하니, 누구하고도 이야기를 나누
지 않고 대기실로 돌아가 버렸다. 지금쯤 옷을 다 갈아입고
분명 어디선가 『저질러버렸다고오오오오!』라며 반성하고
있을 것이다.

　아직 유키나 선배의 부드러운 입술의 감촉이 남아있다.

　그런 상황이긴 했지만, 유키나 선배와 키스했다…… 떠
올리기만 해도 얼굴이 화악 뜨거워졌다.

　"유키나 선배, 왜 그런 짓을 한 걸까……."

　멍한 머리로 생각하면서 쓰레기를 버렸다.

　돌아가려고 할 때, 앞쪽에서 여자아이가 달려왔다. 이쪽
에 손을 흔들면서 전속력으로 다가왔다.

　달려온 것은 코미미였다.

"코미미. 무슨 일이야, 그렇게 허둥대고."

"큰일이야, 케이타! 유키나 선배가, 유키나 선배가아아
아……!"

"진정해! 유키나 선배가 어쨌다고?!"

"유키나 선배가 학생지도실로 끌려가는 걸 본 사람이
있어!"

"학생지도실? 우등생인 유키나 선배가 왜 그런 곳에……
설마!"

짚이는 구석은 있다. 그 키스 신이다.

문화제 때 연극을 하기로 정해졌을 때, 코미미는 말했다.
『정말로 키스하면 문제가 커진다』라고.

심장이 쿵 하고 고동쳤다.

유키나 선배는 지금 분명 키스 건으로 교사에게 추궁당
하고 있을 것이다.

"코미미! 정보 땡큐!"

나는 튕겨 나가듯이 달리기 시작했다.

유키나 선배의 경솔한 행동은 문제가 있었을지도 모른다.
혼나는 것이 당연하다.

하지만 그런 건 상관없다.

설령 학교 전체를 적으로 돌린다고 해도, 난 유키나 선배
편이다.

왜 그렇게까지 몸을 던지는지 생각하는 것은 의미조차

없다.

지키는 이유는 '좋아하니까'로 충분하다.

"지금 가요. 기다려주세요, 유키나 선배……!"

전속력으로 달려 학생지도실 앞에 왔다.

숨을 가다듬을 시간조차 아깝다. 난 힘차게 문을 열었다.

남자 교사가 의자에 앉아있었다. 분명 연극부 고문인 타케우치 선생님일 것이다.

그리고 선생님 맞은편에는 책상을 사이에 두고 유키나 선배가 앉아있었다. 고개 숙인 채로 몸을 오들오들 떨면서.

"유키나 선배!"

"아…… 케이타."

얼굴을 든 유키나 선배는 불안한 표정으로 나를 봤다.

"넌…… 분명 그 연극에 나왔었지. 공주님의 연인 역할로."

타케우치 선생님은 품평이라도 하는 듯이 내 온몸을 봤다.

"네, 타나카 케이타라고 합니다. 선생님, 유키나 선배가 왜 여기에 불려왔는지 가르쳐주세요."

"알잖아. 연극 때문이야."

연극 때문…… 역시 키스 신이 문제인가.

"……유키나 선배를 어떻게 할 생각이죠?"

"이야기를 듣고 싶은데…… 이 상태로 계속 침묵하고 있어."

타케우치 선생님은 깊은 한숨을 쉬고 유키나 선배와 마

주 봤다.

"각본에 따르면 키스는 하는 척만 해도 좋다고 명기되어 있었다던데. 왜 키스를 한 거지?"

".........."

"이야기를 들려줘. 네 진로에도 관계가 있는 이야기라고."

진로라니…… 설마 대학 수험 이야기인가?

유키나 선배는 3학년. 만약 이번 건으로 정학이라도 당하면 내신 점수에 크게 영향을 끼친다. 그렇게 되면 입학 시험의 종류에 따라서는 다대한 영향을 받게 될 것이다.

내가 절대로 그렇게 하게 두지 않을 것이다.

있잖아, 유키나 선배.

……조금 이야기해도 될까요?

전 극중의 주인공처럼 멋진 남자가 아니에요. 외모도 내면도 시원치 않고 겁쟁이에 패기도 없어요. 결점밖에 안 보여서 지금 좀 울 것 같아요.

그래도 말이죠…… 제가 딱 한 가지 자랑할 수 있는 게 있다면, 유키나 선배를 좋아한다는 점이라고 생각해요.

그러니 이 마음은 반드시 관철할 거예요.

마녀를 쓰러뜨리고 공주님을 구하는 멋진 주인공은 될 수 없지만.

촌스럽더라도 난 내 방식으로 유키나 선배를 구하고 싶어요.

"훗…… 흐하하하핫!"

난 큰 소리로 웃었다.

물론 이건 그냥 연기다. 코미미의 연기 지도 덕분에 자연스럽게 큰 소리로 웃었다.

"왜, 왜 그래? 머리라도 부딪쳤어?"

타케우치 선생님은 수상쩍어하며 나를 봤다.

"하핫, 죄송합니다. 이 상황이 너무 웃겨서요."

"뭐? 무슨 뜻이냐."

"알겠어요? 유키나 선배는 거짓말을 하고 있어요. 그건 유키나 선배가 키스한 게 아니에요. 제가 유키나 선배의 팔을 끌어서 억지로 키스한 거죠."

지금부터는 '거짓말쟁이' 연기다.

특기인 망상력을 구사해서 광대를 연기해주지.

"타나카, 무슨 소리냐? 억지로 키스했다니……."

"사귀지도 않는데 억지로 키스했다는 뜻이에요."

"뭣……!"

"저는 유키나 선배를 좋아해요."

얄궂네. 연기라면 고백하는 게 이렇게나 쉬운가.

나는 계속해서 거짓말을 늘어놓았다.

"전 겁이 많아서 선배에게 좋아한다는 마음을 전하지 못했어요. 하지만 완벽하게 연극의 등장인물이 되면 마음을 전할 수 있다…… 그렇게 생각했죠."

"뭐라고? 그럼 뭐냐? 그 키스는 타나카의 고백이었다는 거냐?"

"그런 거죠."

"……이봐, 그게 사실이냐?"

당황한 타케우치 선생님이 유키나 선배에게 물었다.

유키나 선배는 낯빛 하나 바꾸지 않고 고개를 저었다.

"아니에요. 제가 멋대로 한 일입니다. 저기 있는 변태 쓰레기 놈은 관계없습니다."

"그렇게 후배를 감싸는군요. 역시 유키나 선배. 전 그런 다정한 모습에 반했어요."

"감싸다니, 넌 무슨 소리를……."

"선생님!"

난 유키나 선배의 말을 막았다.

"유키나 선배는 아무 잘못 없어요! 처벌이라면 제가 전부 받겠습니다! 정학을 당해도 상관없습니다! 그러니 유키나 선배의 잘못은 묻지 마세요! 부탁드립니다!"

난 그렇게 말하고 힘차게 머리를 숙였다.

몇 초의 침묵 뒤에 타케우치 선생님은 의문을 제기했다.

"정학……? 무슨 소리냐?"

천천히 고개를 들었다.

타케우치 선생님은 이상하다는 듯이 고개를 갸웃거리고 있었다.

"어라? 정학이 아닌가요? 어, 설마 퇴학……?!"

"아니 아니, 딱히 벌을 줄 생각은 없는데?"

"……네?"

벌을 줄 생각이 없다는 건…… 그렇군. 뭐가 뭔지 전혀 모르겠다.

난처해하고 있으니 유키나 선배는 탄식했다.

"하아…… 전부터 미쳤다고 생각하긴 했지만, 여기까지 오면 개그네. 케이타, 넌 착각하고 있어."

"착각? 무슨 뜻이죠?"

"난 딱히 지도를 받은 게 아냐. 연기를 배울 수 있는 학교의 시험을 보지 않겠냐고 조언을 받고 있었어."

"에? 그럼 정학 건은……."

"처음부터 아무도 정학 이야기 같은 건 안 했어."

"뭐어어어어어?!"

타케우치 선생님은 연극부의 고문이고 유키나 선배는 명연기를 피로했다.

일단 이야기의 앞뒤는 맞는데…….

"자, 잠깐만! 왜 학생지도실에서 진로 이야기를 하는 거죠! 보통 학생진로상담실에서 이야기하잖아요!"

"학생진로상담실이 사용 중이었어. 비어있는 곳은 여기밖에 없었고."

"그럴 수가…… 그럼 키스 신은? 타케우치 선생님이 꼬치꼬치 캐물으려고 했잖아요! 그건 문제 행동에 대한 취조가 아닌가요?"

"아니. 훌륭한 키스의 비결에 대해 질문을 받고 있었어."

"잠깐, 에로한 표현 쓰지 마! 하지만 코미미는 키스하면 문제가 커질 거라고……."

"나에게 있어서는 큰 문제야. 아직 좀 혼란스러워. 말도 안 나오고 떨림이 멈추지 않아. 설마 나에게 이런 재능이 있을 줄이야……."

"거참 성가시네!"

아까까지 떨던 건 자신의 재능을 두려워한 것뿐이었냐! 괜히 걱정했네!

"케이타, 걱정해줘서 고마워. 진로 건은 정중하게 거절했으니까 안심해."

"거참 고맙네요! 그걸 걱정한 게 아니지만!"

"응. 알고 있어. 후훗."

유키나 선배는 기쁜 듯이 웃었다……. 아니, 잠깐만.

지금 발언과 웃음, 완전히 본연의 목소리 아니었나?

왜 갑자기 좋아하는 티를 낸 걸까. 생각해봐도 잘 모르겠다.

……뭐, 유키나 선배가 웃고 있고 해피엔드면 그걸로 괜찮으려나.

"아하하. 결국 전부 내 착각이었구나. 괜히 거짓말했어요."

"그렇네. 케이타는 지레짐작한 거야. 우후후."

"뭐, 뭐냐 거짓말이냐…… 하하하! 타나카의 연기력도 상당하구나."

드르르륵!

셋이서 웃고 있으니 문이 기세 좋게 열렸다.

시선을 돌렸다. 거기에는 여교사와 여학생이 서 있었다. 두 사람의 눈빛은 사냥감을 관찰하는 것처럼 날카로웠다.

두 사람은 나를 노려보면서 들어왔다.

"그러니까…… 네가 목격한 사람은 틀림없이 이 사람이지?"

여교사가 여학생에게 물어보니 그녀가 크게 고개를 끄덕였다.

"네! 틀림없이 이 남자가 범인이에요!"

여학생이 나를 척 가리켰다. 두 눈에는 확고한 정의를 품고 나를 노려보고 있었다. 갑자기 범인 취급에 삿대질이라니, 상당히 무례한 사람이다.

옆에서는 어느샌가 평소의 분위기로 돌아온 유키나 선배가 한숨을 쉬었다.

"케이타, 나쁜 말은 안 할게. 자수해."

"제가 범행을 저질렀다는 전제로 이야기를 진행하지 마세요!"

"하지만 네 얼굴은 상당히 변태 같으니까……."

뭐야, 그 논리는! 내 얼굴 자체가 외설물이라는 거야?

"정말이지, 제가 범죄자일 리가 없잖아요……. 그래서 저한테 무슨 볼일이죠?"

여학생에게 물어보자 그녀는 "시치미 떼지 마!"라며 강한 어조로 말했다.

"난 보고 있었어! 너, 여자 화장실에 들어갔지!"

틀림없는 범죄자였다아아아!

설마 했던 건조물침입죄로 피니쉬였다아아아!

큰일이다! 이대로는 너무 바보 같은 이유로 정학을 당하고 만다!

"아, 아니에요! 그건 사정이 있어서…… 그, 그렇죠, 유키나 선배?!"

도움을 청하려고 유키나 선배를 봤지만, 노골적으로 시선을 피했다. 어, 잠깐만. 저버리는 게 빠르지 않아?

타케우치 선생님은 내 어깨에 손을 툭 올렸다. 아까 전까지 웃고 있었는데 표정이 진지해졌다.

"타나카…… 이야기를 들어볼까?"

"싫어어어어어! 오해입니다아아아아!"

이후, 나는 하교 시간까지 조사를 받게 되었다.

또한 유키나 선배의 증언이 없었다면 진짜로 정학을 당했을 것이라는 건 말할 필요도 없을 것이다.

【유키나 선배와 수수께끼의 손님(여동생)】

　오늘은 문화제 대체휴일. 나는 집에서 뒹굴고 있다.
　아스카에게는 무사히 성공했다는 메시지를 방금 보내
뒀다.
　'유키나 선배가 키스 신에서 사고 쳤다'라는 말은 역시
할 수 없었다. 무난하게 '대호평이었다'라고만 전해뒀다.
　잠시 뒤에 스마트폰이 울렸다.
　확인해보니 아스카에게서 답장이 와있었다.

『케이타, 수고했어! 코미미한테 들었어. 분위기 엄청 좋
았다면서! 역시 유키나 씨야. 갑자기 대역을 맡겼는데 흔
쾌히 맡아준 데다가 성공시키다니! 나, 정말 감사하고 있
어. 학교에서 직접 고맙다고 말해야겠어. 물론 케이타한테
도. 당일의 분위기도 알려줘. 아, 맞다. 열은 많이 내렸어.
이번 주 안에는 학교에 갈 수 있을 것 같아. 걱정 끼쳐서
죄송합니다~!』

　밝은 분위기의 메시지를 읽고 안도하며 가슴을 쓸어내
렸다.
　아스카도 사실은 자신이 무대 위에서 연기를 하고 싶었
을 것이다. 후회나 질투하는 마음도 있을 것이다. 그런데도

진심으로 축복해주다니…… 정말 좋은 녀석이다.

"그래도 말이야, 아스카…… 유키나 선배의 힘만 있었던 게 아니야."

한 사람의 힘은 대수롭지 않다. 반 전체가 일치단결했기 때문에 완성도 높은 연극을 선보일 수 있었다.

그리고 그 '반 전체'에는 아스카도 포함되어 있다.

"아스카의 열의가 유키나 선배를 움직였어…… 맡겨줘서 고마워."

내일 학교에서 만나면 나야말로 고맙다고 해야겠구나.

그래서.

연극은 성공했지만, 문제가 하나 남아있다.

어제 난 유키나 선배에게 중대한 것을 묻지 못했다.

그만큼 키스는 금지라는 말을 들었으면서 실제 공연해서 해버린 일……. 분명 뭔가 이유가 있을 것이다.

하지만 새삼스럽게 물어볼 용기도 없다. '왜 키스한 거야?'라고 물어보면 부끄러운 걸 숨기려고 곁누르기를 걸 것이 뻔하다.

찝찝한 마음으로 있으니 방문이 열리는 소리가 들렸다.

뒤돌아보니 사복 차림의 유키나 선배가 있었다.

"안녕, 케이타."

유키나 선배는 인사하면서 방으로 들어와 내 바로 앞에 다소곳이 무릎 꿇고 앉았다.

왠지 유키나 선배의 상태가 이상하다. 평소엔 인사마저 독설로 하는데 오늘은 인사가 평범했다.

혹시 또 뭔가 속마음을 숨기고 있는 건가?

······모르겠다. 일단 상대가 어떻게 나오는지 살펴보면서 잡담이라도 할까.

"안녕하세요, 유키나 선배. 오늘은 쌀쌀하네요."

"그래."

"내일은 비가 온대요."

"그래."

"이야, 추운 날이 이어지네요. 아하하······."

"············."

네, 대화 종료오오오오오!

뭐야 이 어색한 분위기. 전혀 대화가 안 이어지는데요.

유키나 선배는 맞장구밖에 안 치고······ 대체 뭐지? 두 마디 이상 말하면 죽는 거야?

당황해서 다음 화제를 찾고 있으니 유키나 선배가 먼저 이야기하기 시작했다.

"케이타. 어제 일로 하고 싶은 말이 있는데."

"하, 하고 싶은 말이요?"

심장이 쿵 하고 뛰었다.

어제 일······ 아마 키스에 대한 일일 것이다.

자세를 잡고 기다리고 있으니 유키나 선배는 말하기 어

려운 듯이 입을 열었다.

"그…… 고마워."

"……예?"

예상 밖의 감사에 나도 모르게 얼빠진 소리를 내고 말았다.

"고맙다니요?"

"케이타, 자신을 희생해서까지 날 감싸주려고 했잖아? 그 일로 고맙다고 하고 싶어서."

자신을 희생하다니…… 아아. 유키나 선배를 감쌌다고 '키스는 내가 했다!'라고 거짓말을 한 그건가.

"아하하. 결국 지레짐작이었지만요."

"그래도 정말 기뻤어. 내가 정학을 당해서 대학 수험에 실패할 바에는 자기가 정학을 당하겠다…… 그렇게 생각해준 거지?"

새삼스럽게 내 행동을 말로 표현하니 부끄럽다. 난 뒤통수를 손으로 벅벅 긁으며 애매하게 웃었다.

"그때의 케이타는…… 마치 공주님을 구하는 왕자님 같았어."

"네? 제가?"

"응…… 내가 위기에 처했을 때 달려와 줘서 고마워."

유키나 선배는 얼굴을 새빨갛게 물들이고 "이, 이 얘기는 끝!"이라며 이야기를 끝냈다.

놀랐다. 오늘의 유키나 선배는 본모습이 드러나 있다. 독설로 인사하지도 않았고, 진심으로 고맙다고 해줬다.

……살짝 물어봐도 될까?

부끄러움을 감추는 행동을 하지 않는 지금의 유키나 선배라면 그 질문에도 대답해줄지도 모른다.

"유키나 선배. 한 가지 물어봐도 될까요?"

"뭐야?"

"그때…… 왜 키스했나요?"

볼이 화악 뜨거워졌다.

숙녀에게 실례되는 질문을 던졌다는 자각은 있다.

그래도 난 그 키스의 의미를 알고 싶었다.

"어? 기, 기수? 난 우수가 더 좋은데."

"수학 얘기는 안 했어요."

"다른 교과 얘기인 걸까. 그렇네. 좋아하는 음악가는 차이코프키스야."

"그건 키스가 아니라 스키라고. 좋아하는 음악가의 이름을 틀리면 안 되잖아요."

"아아, 스키 이야기였구나. 확실히 난 카와바타 키스나리보다 나츠메 소스키가 취향이야……."

"얼버무리지 마요."

강한 어조로 타이르고 유키나 선배의 눈을 똑바로 봤다.

내 마음이 전해졌는지 유키나 선배도 표정이 진지하게

211

변했다.

"……그때 난 배역에 몰입하고 있었어. 그래서일까. 공주님의 힘을 빌리면 용기를 내서 마음을 전할 수 있다고 생각했어."

"네? 그, 그 말은…….."

"케이타."

유키나 선배는 얼굴을 나에게 가까이 댔다.

도톰한 핑크색 입술에 자연스럽게 시선이 빨려 들어갔다.

"있잖아…… 솔직한 나라면, 받아줄 거야?"

유키나 선배는 볼을 붉히고 그렇게 말했다.

예상치 못한 전개에 머리가 어질어질했다.

드디어 유키나 선배에게 마음을 전할 날이 왔다.

유키나 선배가 얼굴을 마주 보고 호의를 전하다니……꿈 아니지?

사고가 빙글빙글 돌아 아무것도 못 하고 있으니 유키나 선배는 작은 목소리로 한마디 했다.

"나, 처음이니까…… 상냥하게 대해줘야 한다?"

상냥하게 대해줘야 한다.

그 귀여운 부탁에 사랑스러운 마음이 폭발했다.

"유, 유키나 선배!"

"앗……!"

무릎을 꿇고 앉아있는 유키나 선배를 세게 안으니, 그녀는 귀여운 목소리를 냈다.

　내 품에 들어온 유키나 선배는 부끄러운 듯이 날 올려다보고 있었다. 뭔가를 기대하는 소녀의 표정이 귀여워서 심박수가 더더욱 뛰어올랐다.

　"케이타, 부끄러워. 안달하지 마."

　"으, 응……."

　"부탁이야…… 해줘."

　유키나 선배는 천천히 눈을 감았다.

　왜…… 왠지 오늘은 할 수 있을 것 같은 기분이 든다~!

　부끄럽게 해서 미안해, 웃키~!

　지, 지지지지지지금부터 키스할 테니까!

　"유, 유키나 선배……!"

　난 유키나 선배의 촉촉한 입술에 천천히 내 입술을 가까이——

　띵~동!

　인터폰이 울림과 동시에 우리는 냉정함을 되찾았다.

　"누누누가 왔네요오오오, 유키나 선배!"

　"그, 그그그그그렇네! 빨리 나가봐!"

　우리는 재빨리 거리를 두고 빠르게 그렇게 말했다.

　어째서냐고오오오…… 유키나 선배와 맺어지기 일보직전까지 왔는데! 왜 이렇게 방해만 받냐고! 신 이 바보야!

　마음속으로 탄식하면서 현관으로 향했다.

"네~, 지금 나가요~. 마지못해 나갑니다~."

욕지거리하며 현관문을 여니, 거기에는 여자아이가 서 있었다. 정수리 부근에 톡 뻗친 머리카락과 덧니가 트레이드마크인 미소녀다. 헤어스타일은 은발 투 사이드 업. 눈에 익은 세일러복을 입고 있었다.

이 교복…… 샤로가 입고 있는 것과 똑같은 것이다. 아무래도 이 아이는 샤로가 다니는 여학교의 학생인 듯하다.

"제 이름은 쿠보 사쿠라코. 고등학교 1학년입니다. 질문이 있습니다만, 언니…… 난바 유키나를 아시나요? 이 공동주택에 살고 있다는 소문을 들었는데……."

"어?"

지금 언니라고 했지?

혹시 유키나 선배의 동생?

……아니 잠깐만. 유키나 선배의 성은 쿠보가 아니다. 난바다.

성이 다르다는 것은…… 피가 안 이어져 있는 동생?!

사쿠라코라고 이름을 댄 소녀를 유심히 바라보고 있으니, 그녀는 눈살을 찌푸렸다.

"못 들었나요? 전 유키나 언니를 알고 있는지 물었습니다만."

"아, 아아. 그랬지."

알고 있는 걸 넘어서 이 방에 있는데……. 아니, 잠깐만.

남자의 방에 여자 혼자 놀러 와있는 이 상황…… 영 좋지 않네. 분명 오해를 살 거야.

게다가 사쿠라코는 유키나 선배의 동생. 이 아이의 오해를 사면 유키나 선배의 부모님에게까지 잘못된 정보가 전해질지도 모른다. 그것만큼은 피해야 한다.

어떻게 할지 망설이고 있으니 유키나 선배가 불쑥 얼굴을 내밀었다.

"엑…… 사쿠라코?"

"언니! 보고 싶었어요!"

사쿠라코는 유키나 선배를 보자마자 눈을 반짝이며 어리광부리는 목소리로 그렇게 말했다. 나를 대할 때랑 태도가 전혀 다른데요…….

"왜 사쿠라코가 여기에 있는 거야? 그리고 그 교복…… 근처 여학교의 교복이지?"

"네. 저, 이 근처로 이사 왔어요."

사쿠라코는 "잘 부탁드립니다, 언니"라고 하고 고개를 꾸벅 숙였다.

"유키나 선배. 얘, 선배를 '언니'라고 하는데…… 동생인가요?"

"뭐? 그럴 리가 없잖아."

"아니에요? 전 틀림없이 부모님의 의붓자식인 줄…….."

"뭐야 그거. 흔히 보이는 '동생만 피가 안 이어져 있어서

공략 가능한 설정'도 아니고. 케이타, 미연시를 너무 많이 했어."

아니, 그게 무슨 설정인데. 그보다 왜 유키나 선배가 미연시에 대해 잘 알고 있는 거야? 하는 거야?

"그럼 쟤한테 '언니'라고 불리는 건 왜죠?"

"글쎄? 사쿠라코가 멋대로 그렇게 부르고 있을 뿐이야. 사쿠라코는 나랑 같은 중학교 출신이고 부활동 후배야. 그저 그뿐인 관계지."

"그럴 수가! 박정한 소리 하지마세요오!"

사쿠라코는 볼을 빵빵하게 부풀리고 항의했다.

그렇군. 진짜 자매가 아니라 사쿠라코가 유키나 선배를 언니처럼 따르고 있다는 건가. 존경하는 선배를 언니라고 부르다니, 귀여운 후배가 아닌가.

훈훈하다고 생각하고 있으니, 갑자기 사쿠라코의 호흡이 거칠어지기 시작했다. 칠칠치 못하게 혀를 내밀고 있었고 볼도 어렴풋이 빨갰다.

"하아하아…… 오, 오랜만에 유키나 언니와 만났더니, 왠지 흥분되기 시작했어요……. 언니, 가슴 씨름하면서 서로의 입술을 빨아요오오오……."

"뭔 소리 하는 거야, 이 사람은?!"

귀여운 후배라고 생각했지만, 생각을 바꿨다. 어떻게 생각해도 진성 변태 백합 색골 특공대장이잖아.

"유키나 선배, 얘는 설마…….”

“그래. 케이타를 넘어서는 변태야. 항상 이 모양이야.”

유키나 선배는 완전히 지쳤다는 얼굴로 그렇게 말했다. 아무래도 상관없지만, 상관없는 날 디스하는 건 그만하자?

“……그런데.”

사쿠라코는 날카로운 눈빛으로 나를 노려봤다.

뭐, 뭐지? 나, 뭔가 미움받을만한 말을 했던가?

“당신 누구야? 언니랑 무슨 관계지?”

“난 타나카 케이타. 고등학교 2학년이야. 유키나 선배랑은 같은 고등학교에 다니고 있고, 집이 옆집이야.”

“지, 집이 옆지이이이입?!”

사쿠라코는 “큭…… 이 얼마나 꿈이 있는 시추에이션인가! 매일 가슴 씨름을 마음껏 할 수 있잖아요! 크으~!”라고 말하며 분한 듯이 손수건을 물었다. 얘는 대체 얼마나 가슴 씨름을 하고 싶은 거야.

“케이타 씨, 언니랑 야한 짓은 안 했겠죠?”

“…………신에게 맹세하는데 안 했어!”

“뭔가요, 그 공백은!”

“아니, 진짜로 그런 사이가 아니니까!”

“칠칠치 못하게 웃으면서 하는 말을 들어도 설득력 없어요!”

이런. 아까 유키나 선배랑 서로 안은 걸 떠올려서 나도

217

모르게 히죽거리고 말았다.

"케이타 씨, 유키나 언니를 좋아하나요?"

"어?! 그, 그건 그러니까~…….."

그건 눈치를 채줘. 본인의 눈앞에서는 좋다고도 싫다고도 할 수 없잖아.

아무 말 않고 있으니 사쿠라코는 '전부 알았다'라는 듯이 고개를 끄덕였다.

"그렇군요, 그런 건가요……. 케이타 씨!"

"뭐, 뭐야?"

"전 언니의 행복을 진심으로 바라고 있어요. 언니에게 들러붙는 나쁜 벌레는 배제해야만 해요……. 그러니!"

사쿠라코는 내 미간 근처를 척 가리켰다.

"당신이 언니에게 어울리는 남자인지 아닌지, 이 쿠보 사쿠라코가 판별하도록 하겠습니다."

"무슨 소리야?"

"언니의 남자는 강해야만 합니다. 여차할 때 궁지에 몰린 언니를 지키지 못하면 안 되니까요. 그러니 제가 시험하도록 하겠습니다."

"아니, 내가 왜 너한테 시험받아야 하는데……."

"더 이상의 말은 필요 없습니다! 진정 강한 자라면, 절 쓰러뜨려 보세요!"

사쿠라코는 "그럼, 정정당당하게 승부예요!"라고 외치고

오른발을 대각선 앞으로 내밀고 자세를 비스듬히 잡았다. '자연체'라 불리는 유도의 기본자세다.

……뭔가 잘은 모르겠지만, 전개가 영 좋지 않아.

유키나 선배의 부활동 후배라고 하는 것은 이 아이가 전 유도부라는 것이다. 이 싸움, 아무리 생각해도 내가 불리하다.

하지만 승부에 무르기는 없다. 내가 계책을 생각하는 것보다 먼저 사쿠라코는 나를 공격할 수 있는 범위 안으로 뛰어 들어왔다.

"빈틈투성이에요!"

사쿠라코는 재빠르게 내 셔츠를 붙잡았다.

거의 동시에 내 아킬레스건에 그녀의 정강이가 닿았다.

이 기술은 알고 있다. 전에 유키나 선배에게 당한 '발뒤축후리기'다. 중심이 무너져 아주 간단히 넘어졌던가.

"에에에잇!!"

사쿠라코는 내 셔츠를 힘차게 아래로 잡아당겼다.

…….

……어라?

넘어질 줄 알았는데, 잡아끌리는 감각이 거의 없었다.

혹시…… 얘, 유도를 잘 못 하나?

나는 똑바로 선 채로 사쿠라코를 내려다봤다.

"에에에잇!"

씩씩한 목소리가 실내에 울렸다.

하지만 아무 일도 일어나지 않았다.

"에에에잇!!"

아무 일도 일어나지 않는다.

"넘어져라아아아…… 넘어지면 나한테 엄청 좋다고오오오…… 저기, 번거로우시겠지만 넘어져 주실 수 없나요오오오오…… 아니, 무리인가아아아……!"

약한 소리를 한 사쿠라코는 결국 나에게서 떨어졌다. 헉헉거리며 어깨를 크게 들썩이면서 거칠게 호흡했다.

"사쿠라코, 괜찮아?"

"케이타 씨…… 합격이에요!"

"아니, 난 아무것도 안 했는데."

"두 손 다 들었어요. 아무래도 격투기 경험이 있는 것 같네요."

"전혀 없다고."

아무리 생각해도 이 아이의 실력 부족이라는 생각밖에 안 든다.

"하아…… 사쿠라코가 허당인 건 고등학생이 되어도 건재한 것 같네."

유키나 선배는 크게 탄식했다.

변태 속성에 허당에 백합…… 캐릭터가 너무 세잖아. 내 방에 모이는 여자는 이런 애들뿐이라니까.

221

"케이타 씨. 오늘은 깨끗이 돌아가겠지만, 시험은 이걸로 끝이 아니에요."

"엑, 계속하는 거야?"

"흥! 여유를 부릴 수 있는 것도 지금뿐이에요! 알아두라고요!"

사쿠라코는 한 손으로 아래 눈꺼풀을 끌어내리며 메롱하고 방에서 나갔다.

유키나 선배는 내 옆에서 미안한 표정을 짓고 있었다.

"미안해, 케이타. 사쿠라코는 변태지만 나쁜 애는 아니야. 단지 뭘 해도 평균치를 밑도는 안타까운 아이야."

"아하하…… 유키나 선배도 힘들겠네요."

"난 괜찮아. 이미 익숙해졌어."

유키나 선배는 쓴웃음을 짓고 돌아갈 준비를 시작했다.

"그럼 나도 집에 갈게."

"아, 네. 내일 봐요."

"그래…… 아, 그리고 케이타."

그것은 예상치 못한 기습이었다.

유키나 선배는 내 귓가에 입술을 가까이 댔다.

"너…… 사쿠라코가 오기 직전에 날 세게 안았지?"

귓가에 닿는 숨이 간지러워 몸이 오싹오싹 떨렸다.

"……다음엔 난폭하게 안지 말고 부드럽게 안아줬으면 좋겠어."

유키나 선배는 "그, 그럼 안녕!"이라며 꾸밈없는 목소리로 인사하고 방에서 나갔다.

……살짝 소리쳐도 되나?

유키나 선배 완전 귀엽잖아아아아아아!

평소엔 날 난폭하게 취급하는 주제에 자기는 부드럽게 대해줬으면 하는 거냐고! 소녀냐! 얼굴을 새빨갛게 물들이고 그런 부탁을 하면 너무 존엄해서 심쿵사 한다고!

대체 뭐냐고오오오!

이 귀여운 생물은 말이야아아아아!

──라고 외치고 싶은 충동을 억누르고 나는 베란다에 나갔다.

"하아…… 연애를 방해하는 여자 후배인가……."

사쿠라코는 명백히 날 적대시하고 있다. 시험은 계속된다고 했으니, 앞으로도 방해는 이어질 것이다.

그래도 우리의 사랑은 천천히 진전되어 갈 것이다.

이번 문화제를 통해 서로의 마음을 모은 것처럼.

가을 하늘 아래, 바람이 휘잉 하는 소리를 내며 불었다. 차가운 바람은 작은 새가 우는 소리를 가르고 나무들의 잎을 흔들었다.

"추워……."

흩날리는 잎을 보면서 나는 몸을 떨었다.

겨울이 바로 코앞까지 와있었다.

【사안왕 샤로의 방과후】

방과 후, 난 교문을 나와 귀로에 올랐다.

모두 각자의 예정이 있는 듯했고, 난 혼자 집으로 가는 길을 걷고 있었다.

예정이 있다는 것은 집에 돌아가도 나 혼자라는 건가…… 쓸쓸하네. 유키나 선배가 '집에 안 돌아와도 되는데'라면서 차가운 목소리로 맞이해줬으면 좋겠다……. 후훗. 알고 있어요, 유키나 선배. 그 독설은 부끄러움을 숨기려고 하는 거죠? 사실은 날 만나고 싶어서 방에 오면서. 정말, 귀염둥이 같으니라고.

"정말이지…… 유키나 녀석, 어쩔 수가 없네…… 으흐흐."

혼자 망상하면서 걷다가 전방에 있는 샤로를 발견했다. 그녀는 근처에 있는 여학교에 다니고 있어서 집에 가는 도중에 자주 조우한다.

샤로도 혼자인가……. 좋아. 오늘은 샤로랑 방에서 게임이라도 하면서 놀자.

그렇게 정해졌으니 바로 말을 걸어볼까.

가까이 다가가니 샤로는 뭔가를 중얼거리고 있었다.

"가위바위, 보! 초, 콜, 릿, 케, 이, 크…… 에헤헤, 여섯 걸음 전진~!"

샤로는 가위바위보를 해서 이긴 만큼 전진하면서 놀고 있었다. 물론 혼자서.

고등학생이나 돼서 가위바위보 놀이를 하는 샤로, 귀여워…… 그런 감상을 받기 전에 혼자 가위바위보를 하는 안타까움에 눈물이 날 것만 같았다. 학교에서 외톨이라는 소문은 사실이었구나.

좋아, 샤로! 나랑 같이 가위바위보 하면서 집에 가자! 난 네 친구니까!

손수건으로 눈가를 닦고 샤로에게 말을 걸려고 했다.

"샤로. 같이 집에 가자──"

"앗! 고양이다!"

말을 걸기 전에 샤로 앞으로 검은 고양이 한 마리가 지나갔다.

검은 고양이는 샤로와 눈이 마주치자 재빨리 달아났다.

"기다려, 고양아! 친구 하자!"

샤로는 종종거리며 달려 검은 고양이를 쫓아가기 시작했다.

샤로…… 역시 친구가 필요하구나! 전력으로 응원할게! 힘내!

난 말을 거는 것을 그만두고 샤로를 지켜보기로 했다.

"기다려~. 고양아~."

검은 고양이는 주택가를 타다다닷 하고 빠른 걸음으로

나아갔다.

스쳐 지나가는 주민은 우리를 의아한 얼굴로 보고 있었다. 한 마리와 두 사람이 술래잡기하는 이 상황은 제삼자의 눈에는 초현실적인 광경으로 비칠 것이다.

주택가를 빠져나오니 작은 공원으로 나왔다.

샤로는 검은 고양이를 놓쳤는지 멈춰 서서 주위를 둘러봤다.

"고양이, 어딘가로 가버렸어⋯⋯."

샤로가 낙담해 있으니 훌쩍훌쩍하고 우는 소리가 들려왔다.

목소리가 들린 쪽으로 시선을 돌렸다.

울고 있던 것은 작은 남자아이였다.

"크크크. 꼬맹이, 왜 울고 있는 것이냐?"

샤로는 갑자기 중2병 캐릭터가 되어 울고 있는 남자아이에게 말을 걸었다. 다른 사람이랑 이야기할 때는 그 말투로 돌아가는구나⋯⋯.

"훌쩍. 누나, 누구야?"

"이 몸은 사안왕 샬롯. 마계를 다스리는 자다."

"어?! 누나, 마계에서 왔어?!"

"크크크, 이 작안이 증거이니라."

샤로는 안대를 벗고 심홍색 컬러 렌즈로 물든 오른쪽 눈을 보여줬다.

"오오~! 굉장해~!"

"크크크…… 평소엔 안 보여준다고? 특별히 보여주는 거다?"

샤로는 남자아이의 칭찬을 받고 득의양양하게 가슴을 폈다.

음~…… 꽤나 우쭐해져 있는 것 같은데, 들키지 않을까 걱정이네.

"인간의 아이여, 왜 울고 있었나?"

"아, 그렇지. 샤로 누나, 부탁이 있어."

"샤로 누나라고 하지 마! 부탁이라는 게 뭐냐?"

"저거 봐."

남자아이는 가까이에 있는 나무를 가리켰다.

잘 보니, 위쪽 나뭇가지에 파란 풍선이 걸려있었다.

"누나, 사안의 힘으로 저 풍선을 잡아줘!"

"어? 사안으로?"

"굉장하다~. 사안의 힘을 바로 앞에서 볼 수 있다니 운이 좋아~!"

남자아이는 반짝이는 눈동자로 샤로를 올려다봤다.

한편, 사안 따위를 쓸 수 있을 리가 없는 샤로는 땀을 삐질삐질 흘리고 있었다. 상당히 초조해하고 있는데 괜찮을까…….

샤로는 머리를 꾸벅 숙였다.

"그…… 사안 말인데, 오늘 영업은 종료하였습니다."

"영업?!"

"아, 아르바이트하시는 분이 이미 돌아가 버려서……."

"아르바이트?! 사안은 아르바이트로 돌리고 있는 거야?!"

사안, 설마 하던 교대근무제다.

"에~…… 사안을 못 쓰면 풍선은 못 잡잖아……."

남자아이가 다시 침울해하니 샤로는 황급히 중2병을 발동시켰다.

"크크크…… 걱정하지 마라. 사안의 힘 따위 없어도 풍선쯤은 잡을 수 있다."

"정말?!"

"당연하지. 거기서 보고 있거라."

샤로는 나무 아래에 서서 뿅 하고 점프했다.

"에잇!"

뿅.

"타앗!"

뿅.

"호잇! 얍!"

뿅, 뿅.

샤로는 몇 번인가 도약했지만, 그 손은 허무하게 허공을 가를 뿐이었다.

뛰기를 멈춘 샤로는 어깨로 숨을 쉬면서 뒤돌아봤다.

"하아 하아…… 크크크. 지금 건 키가 크는 마법이다."

"지금 게 마법?! 엄청 수수해!"

"뭐, 뭐 그렇지. 신체강화마법은 그런 것이다."

"신체강화마법…… 뭔가 멋져~! 저기! 키는 얼마나 자랐어?"

"어…… 2, 2mm."

"짧어! 더 안 늘리면 안 닿아!"

"다, 다른 마법을 쓸까나~."

키를 키우는 것을 실패한 샤로는 검지로 하늘을 가리켰다.

그 순간, 하늘이 쿠구궁 하고 떨렸……을 리가 없다. 하지만 왠지 모르게 분위기는 있었다.

"귀청을 찢는 바람 소리, 신뢰벽력…… 소용돌이치는 열풍이여, 나무들을 쓰다듬어라!"

나뭇가지를 흔들 뿐인데 쓸데없이 멋진 영창. 여기가 만화 속 세상이라면 상급마법이 발동할 것 같은 장면이다. 하지만 현실은 냉엄하다. 바람은 전혀 불지 않았다.

"하아아아아압!"

아무 일도 일어나지 않았다.

"에에에에잇!"

아무 일도 일어나지 않았다.

"불어라아아아! 빨리 불어라아아아!"

그 바람이 허무하게도 아무 일도 일어나지 않았다.

"저기…… 슬슬 불어주실 수 없을까요……. 부탁드립니다……."

상당히 저자세로 나왔지만, 그래도 바람은 불지 않았다.

샤로는 거북한 듯이 팔을 내리고 양손 검지를 가슴 앞에서 콕콕 맞댔다.

"그, 뭐, 가을바람은 변덕쟁이니까……."

"마법 아냐?! 변덕 같은 걸 부리는 거야?!"

"거, 걱정하지 마라! 아직 방법이 있다!"

무슨 생각을 했는지, 샤로는 나무 앞에 섰다.

"이 몸이 나무에 올라가 잡아주도록 하지."

"마법은?!"

"포기했습니다."

"에에~……."

샤로는 어깨를 늘어뜨리는 남자아이에게 "괘, 괜찮아! 꼭 가져올 테니까!"라고 격려하면서 나무에 올라갔다.

나무를 탈 수 있는지 걱정했지만, 그 걱정은 기우로 끝났다. 샤로는 의외로 운동신경이 좋은지 거침없이 올라갔다.

샤로는 풍선의 끈을 잡더니 뒤돌아보며 웃었다.

"크크크. 이것이 사안왕의 실력이다── 앗."

샤로의 손이 미끄러져 나무에서 떨어졌다.

큰일이다! 잘못 떨어지기라도 하면 크게 다칠 거야!

"샤로, 위험해!"

나는 그렇게 외치면서 서둘러 뛰쳐나갔다.

달려들어 화려하게 캐치…… 할 생각이었지만, 타이밍이 너무 빨랐다. 난 한발 먼저 샤로의 낙하지점에 미끄러져 들어갔다.

그리고 샤로는 내 등에 낙하했다.

"끄엑!"

내가 신음을 내자, 샤로는 "어라, 케이타다. 왜 여기 있어?"라며 어리둥절한 목소리를 냈다.

"샤로…… 일단 비켜주면 좋겠는데……."

"아, 응. 미안해."

샤로는 사과하면서 비켰다.

일어서서 샤로를 봤다.

그녀의 오른손에는 파란 풍선이 꼭 쥐어져 있었다.

그런 위험한 상황에도 자신의 몸을 지키기보다 약속을 지키는 것을 선택했다. 좀처럼 할 수 있는 일이 아니다.

대단해, 샤로.

친구 같은 게 없어도.

마법 같은 걸 못 써도.

역시 샤로는 멋져.

"샤로 누나, 고마워!"

"샤로 누나라고 하지 마! 에헤헤, 별말씀을. 자, 풍선."

남자아이는 웃는 얼굴로 풍선을 받고는 손을 흔들면서

돌아갔다.

"꽤 하잖아, 샤로."

"응? 뭐가?"

"울고 있는 남자애를 웃게 만들다니, 마법을 써도 할 수 있는 일이 아니야. 누나 같아서 멋졌어."

"으으. 이 몸은 사안왕인데…… 에헤헤. 오늘은 누나를 해도 괜찮으려나."

샤로는 평소의 설정은 살짝 가슴 속에 묻어두고 활짝 웃으며 그렇게 말했다.

그에 이끌려 나도 미소 짓고 있으니, 누군가에게 어깨를 붙잡혔다.

"너, 잠깐 괜찮을까?"

누가 말을 걸어서 뒤돌아봤다. 어째서인지 무서운 얼굴을 한 경관이 나를 노려보고 있었다.

"……목격정보의 특징과 일치하는군. 네가 했지?"

"예? 뭐가요?"

"시치미 떼지 마. 몸집이 작은 여자아이를 스토킹하는 남자 고등학생이 있다는 신고가 들어왔다. 네가 그 애를 따라다니고 있었잖아."

아니 그거 오해라고!

난 그저 샤로를 따뜻하게 지켜봤을 뿐이라니까!

그러고 보니 주택가를 걸을 때, 다들 날 기이한 눈으로 보고 있었지……. 젠장! 그건 수상한 자를 보는 눈이었나!

"아니에요, 순경 아저씨! 저랑 애는 친구인데…… 샤로도 말해줘!"

"크크크…… 이 몸에게 친구 따위는 없다……. 훌쩍."

샤로는 멋대로 트라우마 스위치를 누르고 울먹였다. 아니, 난 친구잖아. 같이 게임하는 사이잖아.

설마 했던 배신에 상처를 입고 있으니, 경관은 샤로의 머리를 살살 쓰다듬었다.

"그래 그래, 무서웠지. 이제 괜찮아. 아저씨가 지켜줄 테니까…… 그런고로, 자네. 잠깐 파출소까지 와줄 수 있나?"

경관은 내 팔을 단단히 잡았다.

"오해라니까! 난 그저 이 애를 지켜봤을 뿐이야!"

"엄청난 로리콘이잖아. 변태 녀석."

"아니야! 내가 좋아하는 건 발로 밟아주는 진성S 흑발 여자라고!"

"변태 등급이 올라갔어?! 됐으니까 파출소로 와라, 이 돼지 시민!"

"싫어어어어어! 놔줘어어어어!"

항의한 보람도 없이 난 파출소에 끌려갔다.

【네가 '쥬리'답게 있을 수 있는 곳】

다다다다다!

공동주택의 내 방에서 스마트폰을 가지고 놀고 있으니 버튼을 연타하는 소리가 났다.

"으랴! 호와탓! 쵸에에에!"

이어서 쥬리의 괴성이 실내에 울렸다.

쥬리는 지금 격투 게임을 하고 있다. 오락실에도 설치되어 있는 아케이드 게임으로, 최근에 가정용 게임기에도 이식된 게임이다.

요 며칠, 쥬리는 내 방에 와서는 이 게임을 하고 있다.

그건 딱히 상관없지만…….

"즈다다다다다다닷! 호우와타아앗!"

보시는 바와 같이 대단히 시끄럽다. "호우와타아앗!"이 아니라고. 네가 홍콩의 액션 스타냐.

"쥬리, 좀 더 조용히 할 수 없을까?"

독서 중인 유키나 선배가 살며시 화냈다. 이마에는 희미하게 핏대가 서 있었다.

"나하하~. 미안함다. 너무 열중해버렸네요."

쥬리는 그다지 반성하지 않는 것처럼 웃고 내 쪽을 살짝 봤다.

"케이타 선배, 저, '그거' 필요해요."

"그래 그래. 보리차 말이지."

"그러고 보니, '그거' 어떻게 됐습까?"

"아~. 그 차세대 게임기? 그건 내후년 봄에 발매가 결정 됐다더라."

"아직 먼 미래의 이야기네요~. 느긋하게 기다릴까…… 아, 보리차 감사함다."

"별말씀을. 있잖아, 다른 이야기인데, 쥬리가 전에 추천 해준 '그거'……."

"그 만화 읽었어요?!"

"좀 너무 '그렇지' 않아?"

"무슨 소리예요! '그런' 느낌이 '그래서' 감성적이잖습까!"

"난 따라갈 수 없었어. 그 왜, '그게' '그랬'으니까……."

"으음. 그렇게 되면 케이타 선배한테는 '그게' 너무 '그래 서' '그랬을'지도. 다음엔 다른 '그걸' 빌려줄게요."

"자, 잠깐 기다려!"

유키나 선배는 초조한 얼굴로 우리의 대화를 중단시켰다.

"아, 유키나 선배도 '그거'에 관심 있어요?"

"'그게' 뭐야! 아까부터 '그거'가 너무 많아서 대화 내용을 하나도 모르겠어!"

"'그거'라고 하면 요즘 화제인 만화 '전학생이 항상 흠뻑 젖어있어서 곤란합니다' 이야기지, 쥬리?"

"그것 말고는 있을 수가 없죠. 유키나 선배애, 혹시 첩자임까?"

쥬리는 히죽거리면서 유키나 선배를 놀렸다. 그만해라. 그분이 누구인 줄 아느냐. 삐순이 장군 부끄 유키나 님이시다.

하지만 유키나 선배는 예상과 달리 화내지 않았다. 어째서인지 뚱한 얼굴로 나와 쥬리를 번갈아 가며 봤다.

"⋯⋯둘만 아는 대화 하는 거, 치사해."

유키나 선배는 나지막이 그렇게 말했다.

혹시 '그거'로 서로 통하는 우리 사이를 질투하는 건가⋯⋯ 크으~, 귀여워! 전 질투하는 웃키를 더 보고 싶어요!

"케이타랑 쥬리는 같은 중학교 출신이었지. 둘 다 학생회 임원이었다고 들었는데, 옛날부터 사이좋았어?"

"오. 저희 사이, 신경 쓰이나요?"

"하인, 죽여버린다?"

유키나 선배는 활짝 웃으며 그렇게 말했다. 웃으면서 살해 예고를 날리지 마. 무서우니까.

"노, 농담이에요. 그렇네⋯⋯ 처음엔 사이가 안 좋았죠."

"그래? 괜찮으면 너희 사이가 좋아진 계기를 가르쳐주지 않을래?"

유키나 선배는 "따, 딱히 관심이 있는 건 아니지만!"이라며 덧붙였다. 오늘은 부끄러움 바겐세일이다.

"좋아요. 제가 중학교 2학년, 쥬리가 1학년일 때의 이야기에요."

난 차분히 과거를 떠올리면서 이야기했다.

당시의 난 쥬리를 데면데면하게 '타이나카'라고 불렀고, 쥬리는 나를 '선배'라고 불렀다.

지금과 옛날의 다른 점은 호칭뿐만이 아니다. 쥬리는 지금처럼 친근한 성격이 아니었다.

왜 이렇게나 사근사근한 쥬리와 마음을 터놓지 못했는가.

그것은 쥬리가 마음에 벽을 만들어두고 있었기 때문이다.

학생회실은 정적에 휩싸여 있었다.

이 방에는 서기인 타이나카와 나밖에 없다. 다른 임원은 이미 집으로 돌아갔다.

맞은편에 앉은 타이나카는 묵묵히 작업하고 있었고, 우리 사이에 대화는 없었다.

잠시 뒤, 타이나카는 나에게 서류를 건넸다.

"선배, 체크 부탁드립니다."

"알았어…… 아니, 타이나카. 여기랑 여기, 틀린 글자 있어."

"아, 정말이네요. 죄송합니다, 바로 수정할게요."

"서두르지 않아도 돼. 아직 시간 있으니까."

"네……."

타이나카는 시무룩한 얼굴로 대답했다.

그녀는 별로 요령이 좋은 편이 아니다.

하지만 열심히 일에 임해서 그 성실함에는 호감이 갔다. 사적인 이야기는 전혀 안 하지만, 평소에도 착실한 아이일 것이다.

"하아~, 서류작성은 힘드네에."

타이나카는 "부우~"라고 불평을 늘어놓으며 책상에 엎드렸다. 중학생 수준을 벗어난 큰 가슴이 책상에 눌려 형태를 바꾸었다.

나는 그녀의 아이 같은 얼굴이 우스워서 웃었다.

"하핫, 정말 재미없는 일이지."

"동감이에요."

나와 타이나카는 쓴웃음을 짓고 다시 작업으로 돌아갔다.

둘이서 가끔 불평하면서도 착실하게 일한다……. 학생회의 일상은 항상 이런 느낌이었다.

어느 날 방과 후의 일이다.

오늘은 학생회가 쉬어서 혼자 오락실에 왔다.

역시 오락실은 혼자 와야 한다. 다른 사람에게 맞춰줄 필요 없이 자기가 좋아하는 게임을 마음껏 할 수 있으니까……. 따, 딱히 같이하자고 불러주는 친구가 없는 건 아니라고!

떠들썩한 소리가 난무하는 가게 안을 걸어가니, 한구석에 사람이 모여 있는 걸 발견했다.

"저긴…… 댄스 게임?"

분명 '댄스·댄스·줄리엣'이라는 게임일 것이다.

사람이 저만큼이나 모여 있다. 분명 엄청 잘하는 플레이어가 춤추고 있을 것이다.

집단에 접근하니 소곤거리는 소리가 들려왔다.

"저 춤추는 여자애 엄청나지 않나?"

"어어. 본인은 못 알아차리고 있을지도 모르지만, 가슴이 엄청나."

"마구 흔들리고 있어."

"그보다 커…… 꿀꺽."

교육을 잘 받은 거유를 좋아하는 분들이었다. 얼굴에서 변태라는 느낌이 흘러나왔다.

"마구 흔들린다, 라……."

문득 타이나카의 가슴, 이 아니라 얼굴이 뇌리에 떠올랐다.

걔는 댄스 게임 같은 걸 안 할 것 같은데. 별로 활발한 애가 아니니까, 애초에 게임에 관심 없을 것──

"핫! 홋! 나하하~, 후렴구의 스텝도 간단하네요!"

여자아이의 밝은 목소리가 내 사고를 중단시켰다.

문득 춤추고 있는 아이에게 시선을 보냈다.

그 아이는 우리 중학교의 교복을 입고 있었다……. 아니, 타이나카?! 저 녀석 댄스 게임 같은 걸 하는구나?!

웃고 있는 타이나카는 격렬한 스텝을 밟고 있었다. 흐르는 땀은 황금빛 모래처럼 보슬보슬 빛을 뿜으며 하얀 볼을 흘러 떨어졌다. 난 열중해서 아이돌처럼 춤추는 타이나카를 봤다.

놀랐다. 타이나카가 이렇게 눈부시게 웃는 모습은 본 적이 없었으니까.

게임이 끝나자 관객은 "가슴 굉장했지"라고 칭송하며 떠나갔다. 너희들 스코어에도 관심 좀 가져라.

"아~, 재밌었슴다! 역시 몸을 움직이는 게임은 최고임다!"

타이나카는 그렇게 말하고 핸드타월로 땀을 닦았다. 쟤, 어미에 '임다'라고 붙이는 캐릭터였던가……?

평소와 다른 표정에 말투. 눈앞에 있는 타이나카가 점점 더 다른 사람으로 보이기 시작했다.

타이나카는 핸드타월을 가방에 넣고 큰 한숨을 쉬었다. 그 표정은 그늘져 있어서 아까 전까지의 웃음은 한 조각도 남아있지 않았다.

"하아아아…… 나, 지금 반에 잘 어울릴 수 있을까……."

"……타이나카?"

"느왓! 서, 선배가 왜 이런 곳에 있슴까! 그보다, 제가 게임하는 모습 보고 있었슴까?!"

"응. 중간부터지만."

"끄, 끝장이다아아아……! 끄으으! 뭘 보는 검까, 이 변태!"

"아니, 왜?!"

그 말은 내 주위에 있던 놈들한테 해.

"그건 그렇고 타이나카도 오락실에서 스트레스를 풀기도 하는구나. 엄청 재밌어 보였어. 말투는 그게 원래 말투야?"

"이런, 말투도…… 아뇨 아뇨! 이건 아닙다! 아니, 또 말해버렸슴다!"

으갸~, 라고 외치면서 발을 동동 구르는 타이나카를 보고 무심코 웃고 말았다.

"뭐, 뭡까! 왜 웃는 검까~!"

"아하하. 미안, 미안. 학교랑은 전혀 캐릭터가 달라서 말이야. 지금이 더 귀엽잖아."

"무슨……! 서, 선배한테 그런 말 들어도 안 기쁨다! 이 진성 변태 부회장!"

"진성 변태 아니거든! 불명예스러운 별명 붙이지 마!"

"진성 변태~♪ 얼쑤, 진성 변태~♪"

"공공장소에서 장단 맞추지 마?!"

손으로 박자를 맞추면서 큰소리 내지 마. 주위를 보라고.

오락실 손님이 업신여기는 눈으로 우리를 째려보고 있잖아.

하지만 타이나카는 주의를 시켜도 계속 진성 변태 춤을 췄다. 얘는 보아하니 분위기 파악 못 하는 바보구나?

"타이나카. 사람들이 너도 이상한 눈으로 보니까 그만해."

"이상한 건 선배뿐임다. 전 평범한 여중생임다."

타이나카는 메롱 하면서 "이야~, 진성 변태 부회장~!" 이라며 놀렸다. 놀리는 거 짜증 나…….

"하아, 학생회에서 성실하게 일하는 타이나카는 어디로 가버린 거냐……."

한숨을 쉬자 타이나카는 재미없다는 듯이 한마디 했다.

"그런 건 제가 아닌걸요."

……자기가 아냐?

나는 의미를 이해하지 못해 고개를 갸웃했다.

"그게 무슨 뜻이야?"

"……실례하겠슴다!"

"어? 아, 잠깐만!"

타이나카는 짐을 가지고 뛰어서 도망쳐버렸다.

결국 타이나카가 왜 캐릭터를 나눠서 쓰고 있는지 물어보지 못했다.

……그러고 보니, 아까 타이나카는 "지금 반에 잘 어울릴 수 있을까"라며 푸념했었다. 뭔가 교우 관계로 고민이 있는 걸지도 모른다.

"타이나카에게 있어서 오락실은 자기답게 있을 수 있는 장소일지도 모르겠네."

그렇다면 나쁜 짓을 했다. 내일 제대로 사과하자.

왠지 게임을 할 의욕을 잃은 나는 오락실을 뒤로했다.

다음 날, 학생회실 앞 복도에서 타이나카와 딱 마주쳤다.

"아…… 선배, 안녕하세요."

타이나카는 거북한 듯이 가볍게 고개 숙여 인사했다. 오락실에서 춤출 때의 밝은 타이나카가 아니다. 착실한 학생회 서기 모드다.

역시 이 애는 웃는 얼굴이 어울린다.

타이나카의 따분한 듯한 얼굴을 보고 그렇게 생각했다.

"안녕. 있잖아, 타이나카. 어제는……."

"선배. 어제 일은 비밀이에요. 아무한테도 말하지 마세요."

타이나카는 뚱한 얼굴을 가까이 대며 충고했다.

그녀의 박력에 눌린 나는 고개를 끄덕였다.

"알았어……. 근데 왜?"

물어보니, 타이나카는 한순간 말을 머뭇거리고는 눈을 내리떴다.

"……친구랑 친하게 지내고 싶어서."

"어? 무슨 뜻이야?"

"너무 파고들지 마세요. 선배는 변태야."

"그러니까 변태라고 하지 마!"

"그렇게 부끄러운 단어를 자신 있게 소리치지 마세요."

"어제 진성 변태 노래를 부른 너한테 그런 말 안 듣고 싶어……! 아니, 야!"

타이나카는 내 지적을 무시하고 학생회실로 들어갔다.

친구와 친하게 지내고 싶다. 타이나카는 그렇게 말했다.

그녀가 캐릭터를 나눠서 쓰는 이유는 아무래도 교우 관계에 그 원인이 있는 것 같다. 고민하고 있다는 것은 확실하다.

힘이 되어주고 싶지만, 타이나카는 내가 파고들지 않기를 바라는 것 같고…… 조금만 더 상황을 지켜보자.

"……오늘은 얌전히 학생회의 일을 할까."

답답함을 느끼면서 나도 학생회실로 들어갔다.

주말이 되었고, 나는 역 앞에 왔다. 최근에 빠진 배틀 만화를 사기 위해서다.

휴일인 것도 있어서 역 앞은 많은 사람으로 붐볐다.

그러고 보니, 오늘은 근처에서 아이돌 밴드의 라이브가 있던가. 혼잡한 건 그 영향일지도 모르겠다.

"분명 '캬와와5'라는 밴드였던 것 같은데……."

혼잣말하고 T자 도로를 꺾었다. 이 길을 쭉 가면 서점이 보인다.

마침 지나친 노래방에서 여자 단체가 나왔다. 외모로 헤아려 보아, 내 또래인 것 같다.

"아······."

단체 속에서 타이나카를 발견했다. 친구의 이야기에 맞장구를 치며 눈을 가늘게 뜨고 웃고 있었다.

뭐야. 친구 앞이면 제대로 웃을 수 있잖아──.

"아하하. 그거 정말이야? 웃기네~······."

아니다. 전혀 웃는 얼굴이 아니다.

오락실에서 타이나카가 보여준 웃음은 반짝반짝 빛나고 있었다. 보기만 해도 나까지 신이 나는 멋진 웃음이었다.

하지만 지금의 웃는 얼굴에는 반짝임이 없다. 무리해서 모두에게 맞춰주고 있는 듯한, 거짓된 표정이다.

그리고 말투도 이상하다. 그 '~임다'라는 특징적인 어미를 안 쓰고 있다. 웃는 것도 너무 얌전하다. 본래의 타이나카라면 '나하핫! 진짬까! 웃기네요!'라고 말할 것이다.

문득 타이나카의 말이 뇌리에 떠올랐다.

『아~아······ 나, 지금 반에 잘 어울릴 수 있을까······.』

『그런 건 제가 아닌걸요.』

역시 그렇다. 타이나카는 자신의 본모습을 숨겨서 원활한 인간관계를 만들고 있다.

본모습을 숨기고 생활하는 타이나카를 보니 마음이 떨떠름했다.

왜 그렇게까지 하는 것인가.

잘은 모르겠지만, 이 말만은 할 수 있다.

나는 본모습의 타이나카가 더 좋다.

스쳐 지나갈 때 본 타이나카의 표정은 진심으로 재미없는 것 같았다.

다음 날 방과 후.

학생회실에는 나와 타이나카 단둘. 언제나처럼 쓸데없는 잡담은 하지 않고 묵묵히 작업하고 있었다.

창밖에서 저녁 해가 비쳐서 실내를 오렌지색으로 물들였다.

긴 책상을 사이에 두고 맞은편에 앉은 타이나카를 봤다. 마치 조각상처럼 표정을 바꾸지 않는 타이나카가 햇볕에 젖어 덧없이 보였다.

……둘만 있다면 그 이야기를 해도 괜찮겠지.

"타이나카."

"뭔가요?"

타이나카는 작업을 멈추지 않고 서류를 훑어보면서 대답했다.

"어제, 역 앞에서 타이나카가 친구랑 노는 걸 봤어."

"그런가요. 우연이네요."

"너, 웃고 있었지."

"그야, 저도 웃어요."

"오락실에서 본 웃음이 더 멋졌어."

"······!"

타이나카는 고개를 확 들었다.

"선배, 그건 말하지 않기로 약속——!"

"학교생활을 하면서 자신의 본모습을 드러낼 수 없는 이유라도 있어?"

"어, 어떻게 그걸······."

"나라도 괜찮으면 이야기 들어줄게. 상담할 수 있는 사람, 학교에선 나 정도밖에 없잖아?"

그렇게 말하니 타이나카는 눈을 깜빡깜빡 깜빡였다.

"선배, 왜 저한테 잘해주는 거예요?"

"어······?"

그런 걸 물어보면 대답하기 곤란하다.

타이나카가 웃는 얼굴로 있으면 좋겠다고 생각하긴 했지만, 그건 잘해주는 이유가 못 된다.

"그냥······이라는 답은 안 돼?"

열심히 고민한 대답이 그것이었다.

타이나카는 풋 하고 웃음을 터뜨렸다.

"나하핫! 그냥 상담해주는 겁까?! 하, 한가한 사람이잖습까! 웃기지만요~!"

"미안하게 됐네, 한가한 사람이라!"

상담해주겠다고 하는 사람에게 이런 처사. 정말이지. 여전히 분위기 파악을 못 하는 녀석이다.

그래도…… 바보처럼 웃는 꾸밈없는 타이나카를 봐서 좋을지도.

"제 이야기는 들어도 재미없다고요?"

"상관없어. 전부 받아들일 거니까 안심해."

"선배…… 마음은 미남이네요."

마치 얼굴은 안타깝다고 말하는 듯한 표현이었다. 이 녀석, 보아하니 날 존경 안 하는구나?

타이나카는 "나하핫"이라며 웃고 신상 이야기를 시작했다.

"전 옛날부터 생각한 걸 말해버리는 성격이었어요."

"넌 거짓말 같은 건 못 할 것 같단 말이지."

"나하하, 맞아요. 다른 사람의 눈치를 보고 사는 건 엄청 서투름다. 자신의 가치관과 감정을 따라 행동하는 게 제 모토예요."

"좋은 모토네."

"저도 그렇게 생각했지만…… 그런 사람은 다른 사람의 호감을 못 사요."

"아~…… 확실히 그렇네."

언제 어디서나 자기 생각을 솔직하게 말하면 어떻게 될까?

분명 주위 사람과의 알력을 낳을 것이다. '분위기 파악을 못 하는 아이'라는 꼬리표가 붙고 멀리하게 될 것이다.

협조성을 중시하는 학교라는 장소에서 타이나카는 분명 생활하기 어려웠을 것이다.

"성격이 이래서 다른 사람이 저를 꽤 성가셔한단 말이죠."

"……무슨 말 들었어?"

"초등학생 때 '쥬리는 분위기 파악 못 하니까 같이 안 놀고 싶어!'라는 말을 들어서…… 자주 따돌림 당했슴다. 그래서 중학교에서는 주위에 맞추자고 생각한 검다. 그래서 태어난 캐릭터가 착한 '타이나카' 씨 임다. 이제 자기에게 솔직한 '쥬리'는 그만뒀어요."

타이나카는 쓸쓸하게 웃었다.

어딘가 체념을 품은 그 표정을 보고 있으니 가슴이 쿡쿡 쑤셨다.

"덕분에 친구는 생겼지만…… 학교생활이 전혀 재미없슴다."

"타이나카……."

"전 어떡하면 좋을까요? 자신을 속이고 사는 건 답답하고 괴롭슴다."

타이나카는 울 것 같은 표정으로 그렇게 물었다.

난 타이나카의 본모습이 몇 배나 매력적이라고 생각한다. 가능하다면 자기답게 살아주길 바란다.

하지만 그런 무책임한 말은 할 수 없다. 타이나카는 처절하게 고민해서 지금의 생활방식을 선택했다. 타인이 강요하는 듯한 조언 따위는 분명 이 아이도 바라지 않을 것이다.

그래서 나는 절충안을 냈다.

가능한 한 타이나카의 마음을 배려할 수 있도록.

"난 자신에게 솔직했던 때의 '쥬리'가 더 매력적이고, 같이 일하면 재미있지 않을까 생각해. 그러니…… 적어도 이 학생회실에서만이라도 원래 모습으로 있지 않을래?"

"학생회실에서만…… 말임까?"

"응. 교실에서 갑자기 본모습으로 돌아가는 건 무섭잖아? 하지만 내 앞에서는 원래 모습으로 있어도 괜찮아. 타이나카가 '쥬리'답게 있을 수 있는 장소가 있는 편이 좋을 거야, 분명."

"선배……."

"난 원래 '쥬리'의 모습으로 있었으면 해. 짜증이 나도, 분위기 파악을 못 해도, 이러니저러니 해도 너랑 같이 있으면 즐거우니까. 적어도 나랑 같이 있을 때는 있는 그대로의 '쥬리'로 있어."

그렇게 말하자 타이나카는 눈에 눈물을 글썽거렸다.

"에엑?! 우, 울 것까진 없잖아!"

"미안함다. 그렇지만, 너무 기뻐, 서…… 읏!"

"……타이나카?"

"다들 절 따돌리고…… 나답게 있었으면 한다는 말은,

아무도, 안 해줬으니까……!"

히끅, 히끅.

타이나카의 눈가에서 눈물이 넘쳤다. 그 투명한 물방울
은 볼을 부드럽게 타고 흘러 마음에 쌓인 독을 씻어냈다.

"그런가……. 내 앞에서는 본모습을 숨기지 않아도 괜
찮아."

"히끅…… 알겠슴다! '케이타' 선배!"

타이나카는 눈가를 닦고 "나하핫" 하고 웃었다. 불쾌한
일은 전부 날려버릴 만큼 쾌활한 웃음이었다.

"앞으로는 제 원래 모습으로 있어도 괜찮은 거네요. 케
이타 선배, 학생회가 끝나면 놀러 가요!"

"행동이 빠르네. 좋아, 오락실?"

"그렇네요. 그…… 따, 딱 한 가지 부탁이 있는데."

"부탁이라니?"

"지금부터 제 말을 듣고 웃지 말았으면 하는데요……."

타이나카는 얼굴을 빨갛게 물들이고 쭈뼛거리기 시작
했다.

"저…… 같이 스티커 사진 안 찍겠슴까? 친구가 생긴 기
념으로 찍고 싶어서……. 어, 어떻슴까?"

부끄러운 듯이 부탁하는 타이나카를 보니 흐뭇해서 나
는 웃었다.

"아아~! 웃지 말라고 했는데~!"

"아하핫. 미안, 미안."

"정말! 케이타 선배 바보! 바로 그런 점 때문임다, 여자에게 인기 없는 건!"

"그만해! 그 악담은 사춘기 남자에게는 효과가 세다고!"

"다른 여자 학생회 임원도 『케이타? 그건 아니지!』라고 말했슴다."

"그 정보, 나에게 전달할 필요 있었을까?!"

조금은 분위기 파악 좀 해라. 난 내일 어떤 얼굴로 다른 여자 임원을 보면 되는 거냐…….

"넌 선배를 좀 더 공경해. 그리고 악담은 완곡하게 해."

"나하핫. 그건 무리한 부탁임다~."

타이나카는 입꼬리를 한껏 올리고 아이처럼 웃었다.

"왜냐하면 전 케이타 선배 앞에서는 제 본모습으로 있기로 정했는걸요!"

그게 뭐야. 날 마구 욕해도 된다는 뜻이 아니라고.

……뭐, 상관없나.

역시 난 이쪽의 '쥬리'가 더 좋다.

"사이가 좋아진 경위는 이런 느낌일까요…… 유키나 선배?"

이야기를 끝내자 유키나 선배는 어째서인지 눈물을 글썽이고 있었다.

"훌쩍…… 좋은 이야기였어."

유키나 선배가 울 것까진 없는데. 이 사람도 자신의 본모습은 숨기는 경향이 있지만, 마음이 따뜻한 사람이라고 절실히 생각한다.

"나하핫. 그런 연유로 케이타 선배랑은 오랫동안 알고 지냈어요, 유키나 선배."

쥬리는 그렇게 말하고 나에게 안겨 왔다. 쥬리의 부드러운 가슴이 내 팔을 부드럽게 감쌌다.

마치 마시멜로 같은 감촉이다. 이것이 진정한 가슴으로 감싸기……. 아니, 가슴의 감촉을 만끽할 상황이냐! 유키나 선배가 질투해서 난폭해질 거라고!

쭈뼛거리며 유키나 선배를 봤다.

아, 큰일이다. 분노로 주먹이 떨리고 있어.

"쥬리, 내 하인에게서 떨어져."

"싫습다. 제 선배니까요."

"떨어져!"

"싫습다!"

두 사람은 빽빽거리며 소란을 피웠고, 다툼으로 발전했다.

이런, 이대로라면 둘이 싸우게 될 것이다. 그렇게 되면 쥬리가 흠씬 두들겨 맞을 것이다. 말려야 한다.

"유키나 선배! 잠깐만요, 너무 진지해졌어요!"

"——꺅!"

내가 중재에 들어가기 전에 쥬리는 귀여운 비명을 흘리며 넘어졌다.

유키나 선배는 앞으로 넘어진 쥬리를 내려다보며 눈을 괴이하게 반짝였다. 안 좋은 예감밖에 안 든다.

"쥬리, 내 하인을 빼앗으려 한 벌을 주겠어."

유키나 선배는 그렇게 말하고 엎드려 있는 쥬리의 허리 위에 올라탔다.

나는 이 상황에 나오는 그라운드 기술을 잘 알고 있다.

상대의 목부터 턱 부근을 잡고 위로 잡아당겨 상대의 몸을 뒤로 크게 젖히는 기술—— 카멜 클러치다. 등과 목에 대미지를 주는 프로레슬링 기술이다.

유키나 선배는 쥬리를 향해 양손을 뻗었다.

"쥬리, 좋은 목소리로 참회하렴."

유키나 선배는 얼굴을 잡지 않고 쥬리의 가슴을 강하게 주물렀다.

이건…… 카멜 클러치가 아니야?

"햐응! 뭐, 뭐 하는 검까?!"

"여자용 필살기야…… 에잇!"

유키나 선배는 쥬리의 가슴을 쥔 채로 위로 잡아당겼다. 쥬리의 몸은 활처럼 휘었다.

저것은 카멜 클러치와 비슷하면서도 아닌 기술. 목 대신 가슴을 잡는 변태 오의…… 그래! 거유 죽이기의 큰 기술! 카멜 클러찌찌다!

……그런 기술인지 아닌지는 모르겠지만, 아마 별것 아닌 기술일 것이다. 시시하다.

"아야야얏! 유키나 선배, 등이 아픕다!"

"진짜 무서운 건 이제부터야."

주물주물.

탱글탱글.

유키나 선배는 쥬리의 가슴을 마구 주물렀다.

"웅냐아아아! 잠깐, 어딜 주무르는 검까, 유키나 선배!"

"어머. 얼굴이 붉어졌네. 왜 그래?"

"그건 유키나 선배가, 주무, 르니까아…… 읏!"

쥬리는 차차 볼을 빨갛게 물들이고 숨을 거칠게 쉬기 시작했다.

"앗, 앗…… 유키나 선배, 거긴 안 돼……."

"왜 안 되는 걸까?"

"그만, 그런 곳은…… 좋아져 버려요……!"

"완전히 암컷의 얼굴이네. 케이타가 보고 있는데?"

"안 돼…… 부끄럽습다, 케이타 선배…… 앗!"

풀린 눈으로 나를 보는 쥬리. 입은 반쯤 열려있고 입술은 침으로 젖어있었다.

"슬슬 피니시야, 쥬리."

유키나 선배의 손가락이 촉수처럼 꿈틀거리고 쥬리의 가슴에 휘감겼다. 농락당한 가슴은 슬라임처럼 형태를 바꿨다.

"앗, 앗…… 유키나 선배, 그렇게 격렬하게 하면…… 윽!"

쥬리의 몸이 움찔하고 경련했다.

애절한 목소리와 달콤한 한숨이 실내에 울려 퍼지는 가운데, 나는 생각했다. 다른 사람의 방에서 변태 프로레슬링 하지 말라고. 눈을 둘 곳이 없잖아……. 거짓말입니다. 사실은 쥬리의 암컷 표정과 가슴에서 눈을 뗄 수가 없어요!

그렇다고는 해도 이대로라면 쥬리가 어떻게 돼버린다. 말리는 게 좋을 것 같다.

"유키나 선배, 장난이 너무 심해요."

내가 중재하자 유키나 선배는 만족스럽게 쥬리를 방치하고 일어섰다. 마치 경치가 좋다고 말하는 듯이 쥬리를 내려다봤다.

한편, 쥬리는 애달픈 표정을 지은 채로 바닥에 엎드려 있었다. 유키나 선배의 갓 핸드, 두려워할지어다.

"유키나 선배, 왜 이런 짓을 한 거예요."

"쥬리가 내 하인한테 아양을 떨어서야."

"아무리 그래도 이번엔 너무 심했어요. 나중에 쥬리한테 사과하세요."

"왜 내가⋯⋯."

"안 돼요. 사과해요."

"아, 알았어."

유키나 선배는 납득이 안 되는지 뾰로통한 표정을 짓고 있었다.

"이제 쥬리랑 사이좋게 지내주세요. 당신이 더 선배잖아요?"

"그건⋯⋯ 쥬리가 나쁜 거야. 케이타랑 사이좋다는 어필을 하니까."

유키나 선배는 볼을 불룩하게 부풀렸다.

"내가 더 케이타랑 사이좋은 걸⋯⋯. 제일 사이가 좋은 걸⋯⋯."

황급히 '주, 주종관계적인 의미다?!'라며 덧붙이는 유키나 선배의 얼굴은 새빨갰다.

⋯⋯살짝 소리쳐도 되나?

유키나 선배 완전 귀엽잖아아아아아아!

다람쥐처럼 얼굴을 부풀리고 말이야! 그것만으로도 귀여운데 '케이타의 첫 번째는 나야'라고 하는 듯이 새침을 뗀다! 들었나요, 이 공동주택에 사는 여러분! 난바 유키나는 나랑 제일 친하지 않으면 토라지는 고집쟁이 여자아이예요!

어? 그냥 귀찮은 여자가 아니냐고?

너 바보냐!

그 점이 최고로 귀엽지 않냐고오오오오오!

──라고 외치면 카멜 클러치의 희생양이 된다. 난 그 자리에서 히죽거리기만 했다.

"뭐, 뭐야 그 히죽거리는 얼굴은. 주인을 깔보기나 하고."

유키나 선배는 "화나. 찰 거야"라고 말하고 내 다리를 퍽 퍽 찼다.

"안심하세요. 전 유키나 선배와 사이좋은 하인이니까요."

"사, 사이좋은?"

"어라? 아니에요?"

"그, 그렇네. 틀린 말이 아니야. 나랑 케이타는 계약으로 맺어져 있는걸."

유키나 선배는 자신만만하게 가슴을 펴고 웃었다. 엄청 기쁜 것 같다.

이래서 유키나 선배는 미워할 수 없다.

"하지만 하인이라는 건 다시 말해서 부하 같은 거죠?"

쥬리는 스윽 일어나 유키나 선배와 마주 봤다.

"어? 뭐…… 그렇게 되려나?"

"전 케이타 선배의 후배라고요. 그건 부하보다 더 사이가 좋은 관계 아닐까?"

"아앗?!"

유키나 선배는 입을 딱 벌리고 '아뿔싸'라고 말하는 듯한 표정을 지었다.

"그, 그렇지 않아! 주종관계가 더 사이좋아!"

"아~뇨! 선후배 관계가 더 사이좋습다!"

"주종관계!"

"선후배!"

빠직빠직빠직!

두 사람의 시선이 격렬하게 부딪쳐 파르스름한 불꽃이 튀었다.

……좀 진지하게 소리쳐도 되나?

"내 방에서 싸우지 말라고!"

"시끄러워, 하인!" "조용히 하세요, 선배!"

두 사람은 동시에 돌아보며 나를 날카롭게 째려봤다. 둘 다 호흡이 딱 맞는데 왜 사이가 안 좋은 거야…….

문득 유키나 선배가 쥬리에게 굳히기를 거는 장면에 눈에 떠올랐다.

하아…… 역시 중재 안 하면 큰일 나겠지?

나는 탄식하면서 두 사람의 유치한 싸움을 말렸다.

안녕하세요. 우에무라 나츠키입니다.

이번에 『독설소녀는 심술쟁이2 ~벽 너머라면 솔직하게 좋아한다고 말할 수 있는걸!~』 (약칭 『독설소녀』)를 사주셔서 정말 감사합니다.

2권, 재밌게 읽어주셨나요.

1권은 1화 완결 형태의 숏 스토리가 많았던 것 같습니다. 더 읽는 맛이 나는 이야기가 되도록, 2권에서는 각 화에 어느 정도 연결점을 뒀습니다(특히 문화제 편). 웃기고 모에하고, 가끔 감상적인. 그런 느낌으로 완성되었으면 좋겠습니다.

그리고 신작 번외편을 전권보다 한 편 더 많이 수록했습니다.

이건 회의 단계에서 『WEB판 「독설소녀는 심술쟁이」의 독자에게도 새로운 이야기를 전해주고 싶다』라는 이야기를 했더니, 흔쾌히 OK를 받아서 단행본에 추가할 신작을 늘렸습니다.

더 많은 분이 『독설소녀』를 즐겨주셨으면 좋겠습니다.

지금도 그렇게 소원을 빌면서 이 후기를 쓰고 있습니다.

이 아래부터는 감사인사를 하겠습니다.

담당 편집자님. 이번에도 상담에 많이 응해주셔서 감사

합니다. 그리고 권두 일러스트를 봤을 때 20줄이 넘는 감상문을 메일로 보냈는데, 소름 돋지 않았을까 걱정입니다. 질리지도 않고 보낼 테니 사양하지 말고 소름 돋아주시면 좋겠습니다.

일러스트 담당인 미레이 님. 이번에도 유키나 선배와 모두의 귀여운 일러스트를 그려주셔서 감사합니다. 20줄이나 감상을 쓰면 아무래도 후기가 꽉 차니 여기서는 자제합니다만, 특히 아스카의 공주님 모습이 정말 좋습니다!

항상 응원해주시는 여러분. 구매 보고나 『2권도 기대됩니다』『재밌었다!』『고기 사라!』등의 따뜻한 코멘트들은 큰 격려가 됩니다. 고기는 사줄 테니 집을 사주세요. 고층 아파트를 사주셔도 괜찮습니다.

그리고 독자 여러분에게 최대한의 감사를.

읽어주셔서 감사합니다!

Dokuzetsu Shojo ha Amanojaku 2 ~Kabegoshi nara Sunao ni Sukitte Ierumon!~
©Natsuki Uemura
Originally published in Japan in 2020 by HOBBY JAPAN CO., Ltd.
Korean translation rights ©2021 by Somy Media, Inc.

독설소녀는 심술쟁이 2 ~벽 너머라면 솔직하게 좋아한다고 말할 수 있는걸~

2021년 9월 15일 1판 1쇄 발행

저   자 우에무라 나츠키
일 러 스 트 미레이
옮 긴 이 박정철
발 행 인 유재옥
본 부 장 조병권
편 집 1 팀 박서연 이준환
편 집 2 팀 박치우 정영길 조찬희 조현진
편 집 3 팀 곽혜민 오준영 이해빈
라이츠담당 이다정 한주원
디 지 털 김지연 박상섭 이성호 최서윤
미   술 김보라 서정원
발 행 처 ㈜소미미디어
인쇄제작처 코리아피엔피
등   록 제2015-000008호
주   소 서울시 마포구 토정로222, 403호 (신수동, 한국출판콘텐츠센터)
판   매 ㈜소미미디어
마 케 팅 최정연 한민지
전   화 (02)567-3388, Fax (02)322-7665

ISBN 979-11-384-0234-7 04830
ISBN 979-11-6611-990-3 (세트)